翅膀上的风景

张天国 著

黄河出版传媒集团
阳光出版社

图书在版编目（CIP）数据

翅膀上的风景 / 张天国著. -- 银川 : 阳光出版社，2022.10
ISBN 978-7-5525-6585-0

Ⅰ. ①翅… Ⅱ. ①张… Ⅲ. ①诗集 – 中国 – 当代 Ⅳ. ①I227

中国版本图书馆CIP数据核字（2022）第205844号

翅膀上的风景

张天国　著

责任编辑　薛　雪
封面设计　圣立文化
责任印制　岳建宁

黄河出版传媒集团
阳光出版社　出版发行

出版人　薛文斌
地　址　宁夏银川市北京东路139号出版大厦（750001）
网　址　http://www.ygchbs.com
网上书店　http://shop129132959.taobao.com
电子信箱　yangguangchubanshe@163.com
邮购电话　0951-5014139
经　销　全国新华书店
印刷装订　四川金邦印务有限公司
印刷委托书号　（宁）0024681

开　本　710 mm × 1000 mm　1/16
印　张　14.75
字　数　180千字
版　次　2022年10月第1版
印　次　2022年10月第1次印刷
书　号　ISBN 978-7-5525-6585-0
定　价　68.00元

版权所有　翻印必究

飞翔在翅膀上的风景里

——重庆大交通采访手记（代序）

接受采写任务时，重庆市作家协会领导要求我尝试用诗的形式来呈现重庆大交通建设业绩，不知深浅的我欣然受之。之所以欣然，底气来源于我曾经撰写出版过300多万字的建筑行业的报告文学，又出版过3本诗集，心想，将二者巧妙结合即可，可事实并非如此。

在建设中的城开高速采访，从城口到开州120多公里，翻山越岭走走停停采访了12小时，先后深入任河、温泉、澎溪河大桥等特

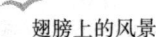
翅膀上的风景

大桥和大巴山、城口、尖东山、旗杆山等特长隧道施工现场。山路崎岖坎坷，每到一个工地都要翻山越岭，但看到建设者们常年在深山老林里逢山凿路、遇水架桥，再苦再累也感觉到轻松。

在主城采访中，从巴南龙洲湾驾车出发，先后5次到重庆高速集团、重庆港务物流集团、重庆航空集团和陆海新通道总部，收集整理采访笔记和资料30万多字，为创作积累了丰富的第一手资料。

在创作的近8000行诗稿中，为了作品更有文采和可读性，其中描写了大量风景名胜。我主观认为，因为海陆空交通的发达，人们可以依靠更加快捷的现代交通出行。文旅融合、脱贫攻坚和新农村建设，城乡流通、国内国际物流运转和人文交流，效率会更高，现代交通直接或间接地促进了经济社会的发展。但是，有关部门审稿时，却提出了不同意见，认为那些抒情的景物描写，与大交通没有直接关系，被迫删除了2000多行，虽然心疼，却也无奈。

由于是用诗歌的形式来呈现重庆大交通的业绩，对我来说是一次挑战，在创作中遇到了一些困惑。随着采访的深入，大量的企业名称、感人事迹和大量的工业、经济名称、数据，不断涌入我的脑海。众所周知，如果让它们频繁地出现在诗行里，就会弱化诗歌灵动和抒情的属性。如果回避，采取虚化空灵的手法，大交通的业绩就失去了载体，就会弱化叙事的真实性。因此，只能叙事抒情两者兼顾，虚实结合，尽量用诗化的语言软化过于生硬的工业用语和数字。再者，因为是叙事诗，为保证事件的完整性，很难分段叙述，所以就会显得单首诗较长，难免有冗长之嫌。由于首次采用这种方式进行大规模创作，难免会有诸多不足。

　　接受采写任务之前，我对重庆交通的认识是模糊而片面的，只是感觉出行更加方便、快捷。无论是乘飞机翱翔蓝天，还是走水路劈波斩浪，或者坐轻轨穿行两江，我们均可随意选择。当深入到航空、水运、高铁、轻轨、高速公路和陆海新通道六大交通行业采访后才知道，被称为"西部坐标"的大重庆已然四通八达，纵横交错的综合交通网络已经通江达海。我们深知，架起一座桥，就打开了一片天，畅通一条路，就联通了一个世界。现在，只要你登上重庆大交通的翅膀，就能全景式了解到重庆欣欣向荣的发展景象和巴渝内外的各种风景，身为重庆人的自豪感便会油然而生。

　　黄金水道，劈波斩浪鸣笛浩瀚碧波，我们在亚欧连接节点上聚能运转。在果园港，我们有长江天然的深水良港，已建成5000吨级的泊位16个，设计年通过能力达到3000万吨；建成集装箱泊位10个，装载能力达到200万标箱；建成散货泊位3个，装载能力达到900万吨；建成商品汽车滚装泊位3个，装载能力达到100万辆。这些枯燥的数据上，挂满了港口人的智慧和汗水。在长江黄金水道上，我们乘风破浪，抵达任意的远方。

　　联通陆海，海陆空域畅通天下万物。总部建立在重庆的陆海新通道，因为地处西部腹地而应运而生。这条连接了陆海空的新通道，已经成为西部物流的转运中心，整个西部的物资均可通过陆海新通道的立体交通网络，转运到世界各地。曾经因为山川江河的阻隔，重庆与外界的物流转运受到限制，陆海新通道建成后，不仅西部的各种物资可以通过重庆转运到全国各地，还可通过广西钦州港流通到东南亚，穿过马六甲海峡，流通到世界各地。并通过渝新欧班列一路向西，穿过新疆腹地，穿越霍尔果斯口岸，越境抵达欧洲。重庆成为了拉动西部经济发展的引擎，从而成为西部坐标城市和长江中上游新的经济增长极。

高速飞车，万种风情飞抵巴山渝水。懂点重庆地理、历史的都知道，我们的大重庆，从曾经的重峦叠嶂古驿道上蹒跚而来。凡是重庆人或者周边的人都深有体会，曾经进出一次重庆，到远的区县要一两天，近的也得一天，绕过崇山峻岭，艰难穿行。盘山公路坡陡、弯急还狭窄，行车安全风险巨大，交通严重制约了重庆的经济发展。自从改革开放和重庆直辖后，开启了重庆高速公路建设的快车道。重庆高速集团抓住了这个历史机遇，从50人起步，到超过万人的规模扩张，再到数千公里的完美跨越，给了历史一个奇迹。从第一个五年计划建成的第一条高速公路100多公里开始，从"大"字形规划起步，到"三环十二射多联线"不仅畅通了9个主城区，而且直通14个主城新区，最后未通高速的开州和城口，也在2022年通车了。千山万水不再是重庆走向全国的天然屏障。

高速网络的建成，对重庆经济社会影响是跨越式、颠覆式的。渝西经济走廊沿线六区县，走出西南出海大通道，中国与东盟自由贸易区，5年时间生产总值增加了3000多亿元。围绕高速网络，十几个经济组团落户重庆，围绕渝湘高速，主城、渝西、三峡库区、渝东南四大板块发生了巨变。43个市级特色工业园区、国内外81家大型企业、12家世界产业结构不断优化。高速绽放的数据之花，令人炫目。

  轨道交通，春天的列车开往两江四岸。不必追溯20世纪八九十年代的城市交通规划，我们赶往春天的脚步虽然快了一些，但依然难以追赶一个城市发展更好更快的脚步，我们每天上下班依然在路上拥挤跌宕。但我们可以从2020年3月桃花的枝头上回头看，乘坐覆盖全城网络"九线一环"开往春天的列车，掠过窗外的万紫千红，掠过带着花香的鸟鸣，我们的每一秒都春心荡漾。

  因为受到长江、嘉陵江的阻隔，过去重庆两江四岸过江过河都依靠渡船、缆车或索道。随着社会发展的迫切需要，传统的交通方式远远不能满足市民出行的需要。一切阻挠生产力发展的因素都必须改变。于是，地铁、轻轨建设开始启动，跨江大桥开始建设。18条800多公里的地铁轻轨线，一小时通勤圈的城市轨道交通布局，在灯火璀璨的山城开始紧锣密鼓的建设。如今，每天上百万的人流，乘坐一辆辆开往春天的列车穿过两江、楼宇和花海，在碧波倒影中惬意地穿行。

  翱翔蓝天，雄鹰展翅扶摇万里云空。提起重庆航空，包括我在内的绝大多数人首先想到的是江北国际机场。其实，重庆航空的发展可谓跌宕起伏。抗战时期的广阳坝、珊瑚坝、白市驿机场狭窄的跑道，经常被江水围困，在那个战火纷飞的年代，虽然为抗击日寇做出了巨大贡献，但随着重庆的解放和改革开放带来的快速发展，旧机场远远不能满足重庆发展的需要，我们的翅膀难以飞上辽阔的天空。应运而生的江北国际机场，经过三次扩建，已经成为全国前十、西部第一的超大型国际机场。如今，只要你愿意，可随时携带两江呼啸升空，穿过国内263条航线，飞过千山万水，飞向东南西北135个城市的繁华，你会看到中国版图上的每一道风景都风和日丽。我们已经向世界敞开了山清水秀、美丽之地的大门，万里云天已经互联互通，重庆与世界的距离，天涯近在咫尺。只要你愿意，可随时搭乘中国航空重庆分公司、四川航空重庆分公司、重庆航空公司、西部航空公司、华夏航空公司、厦门航空重庆分公司、山东航空重庆分公司的飞天之鸟，飞过370多条国内外航线，抵达全球216个城市，把我们麻辣生鲜的每一张面孔，降落在天下每一道陌生而熟悉的风景里。

平行线上，高铁旋风呼啸渝州内外。作为在铁路建设系统工作了一生的我，对铁路建设情有独钟。铁路相对于其他交通形式，具有运输量更大、成本更低廉的优势。尤其是高速铁路，对地处西部腹地的山城，显得更为重要和迫切。重庆需要铁路，铁路需要重庆。经由重庆的人流、物流、资金流，我们与世界的沟通，迫切需要更加快捷的内外互联互通。高速铁路与高速公路、航空、水运的互联，是重庆大交通不可或缺的重要一环。各大产业园区和物流园区，急需铁路的联通。重庆的高铁旋风，从全国中长期铁路网规划的蓝图上呼啸而出。"两环十干线多联线三主两辅"15条普速平行线5805公里，160公里的时速，已经联通区县最后一公里，复兴号、和谐号穿过两江的浪花，两小时飞向11个区县，一小时飞向成都、贵阳，三小时抵达西安、武汉、长沙、昆明和兰州。当你安静地坐在列车上品茶观景时，面对呼啸而去的山川河流，将会对我们大重庆生发出一种怎样的爱恋？

至此，在无限感慨中，我已扇动翅膀穿过了重庆大交通的六大通道，将无限爱意传递给了快捷与通达、辽阔与繁华的巴山渝水，一行行文字，在呼啸的风景里，惬意地诗意阑珊。

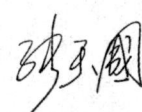

目录 CONTENTS

1 呼啸的风景
——诗叙重庆高速公路

- 002 — 亲爱的重庆,你从哪里来
- 004 — 古驿道上的重庆
- 007 — 重庆高速,从蓝图上呼啸而出
- 010 — 提速,让重庆发展飞起来
- 012 — 重庆高速创造的"天方夜谭"
- 015 — 把高速公路轻轻放进大自然
- 018 — 走,我们跟着风去跨桥
- 021 — 走,我们到重庆去穿越
- 025 — 用责任累积而成的担当文化
- 029 — 我们穿过两江枢纽,通江达海
- 032 — 仰望重庆高速之"最"
- 037 — 高速绽放的数据之花
- 040 — 在重庆,高速让我们飞得更快、更远
- 042 — 致敬,巴山渝水上的筑路人
- 048 — 英雄谱上站立出的独特风景
- 049 — 张乐华,翻山越岭十八年
- 051 — 卜令涛,科技攻关的领头羊

053 － 孙国一，忠孝难以两全的北方汉子

055 － 刘学洲，退而不休的奉献者

058 － 钟明全，"乌江画廊"的守护者

061 － 莫友平，工程质量的"监察御史"

063 － 李大勇，把军人的使命举过头顶

066 － 郑熙，不愿做"流星"的"拼命三郎"

068 － 付杨波，虽死犹生的那一刻

070 － 刘春燕，在春天的窗口里微笑的燕子

077 － 我们在文化的呼啸里飞翔

085 － 冷水风谷·赋

089 － 完美抵达

092 － 任河，你不必任性

093 － 温泉特大桥，穿过盐茶古道

095 － 风过澎溪河

098 － 特长隧道有多长

101 － 携带一缕光束穿过尖东山

103 － 我站在旗杆山下仰望

107 － 青春闪耀大巴山

110 － 大巴山的先行官

112 － 山洪袭来，我们上

115 － 青春在石头上闪光

2

平行线上的风景
—— 诗叙重庆铁路集团

118 － 蓝图上呼啸而出的平行线

119 － 放眼向内，彼此点缀成景

120 － 我们在安张铁路上邂逅

121 – 穿过广涪铁路，货行天下

122 – 放眼向外，乘坐旋风铿锵飞出两江

123 – 行走在遥远的路上

125 – 一夜梦飞，肩扛五月走天涯

127 – 站在红岩旧址上，一夜无眠

3 中国名片
——诗叙重庆陆海新通道

130 – 风景这边独好

135 – 在路上

139 – 内外瞭望，条条道路通罗马

141 – 重庆的朋友圈

144 – 我们与世界的距离

148 – 川渝，渝川，我们是兄弟

155 – 中欧班列，一路向西

159 – 渝新欧——中欧班列名片

4 通江达海行天下
——诗叙重庆港务物流

162 – 从果园港延伸的路线图

164 – 世界在果园港周转

166 – 世界，让我们在果园港握手致意吧

167 – 多式联营，在立体交通网络上立体出港

170 – 果园港的变迁

174 – 青春在码头上闪光

5 蓝天下的两江翅膀
—— 诗叙重庆航空

- 182 – 从珊瑚坝机场飞翔的那些陈旧故事
- 184 – 从狭窄的白市驿飞向江北辽阔的天空
- 185 – 飞出两江逼仄的天空
- 188 – 存储在云端里的记忆
- 193 – 故事，在云端里飞翔
- 201 – 我们带着巫山去翱翔
- 202 – 飞过武陵去观景

6 开往春天的列车
—— 诗叙重庆轻轨

- 206 – 春天的轨迹
- 211 – 开往春天的列车
- 215 – 搭乘一列太阳橙列车，去荡漾春天
- 217 – 呼啸在重庆轻轨文化里
- 221 – 轻轨越过两江潮

1 呼啸的风景

——诗叙重庆高速公路

亲爱的重庆,你从哪里来

重庆,我们的大重庆
双重喜庆里的重庆
心脏为之跳动的版图
脸颊贴过的巴渝之都
魅力十足的山水之都
诱人魂魄的两江渝都
山水相连的飞虹桥都
云蒸霞蔚的水墨雾都
风靡世界的温泉之都
激情洋溢的梦幻之都
翘首西部的国际之都
令世界注目的西部地标之都
我扇动翅膀,借天遥问
重庆,我亲爱的重庆
我用挚爱为两江掀起过浪花的重庆
——你从哪里来?
从叠石花谷的浪花里呼啸而来吗?
从奔流到海不复回的涛声里而来吗?

江河回音:
从巫山携江狩猎的奔跑而来
从铜梁乌木碳化的飘香而来
从岩盐调味夏商的文明而来
从春秋巴楚决战的激荡而来

1 呼啸的风景 ——诗叙重庆高速公路

从江州城址大秦的小篆而来
从悬崖栈道马蹄的古风而来
从刘备托孤的夕阳西下而来
从改楚州为渝州的圣旨而来
从汉高祖战马纵横的嘶鸣而来
从巴县临江而开的衙门而来
从川渝同根同源的方言而来
从两江直奔大海的直辖市而来
从"夜发清溪向三峡，思君不见下渝州"李白的绝句而来
从"无边落木萧萧下，不尽长江滚滚来"杜甫的悲苦而来
从"欲寄两行迎尔泪，长江不肯向西流"白居易的思念而来
从"武陵溪口驻扁舟，溪水随君向北流"王昌龄的关切而来

重庆，我们的重庆，你
从远古筚路蓝缕蹒跚而来
从车载江流古诗词的婉转华丽而来
从逢山开路遇水架桥的筑路人而来
从生生不息开掘前路的奋斗者而来

翅膀上的风景

古驿道上的重庆

大江大河，千转百回，穿过高山峡谷
大巴山，武陵山，纵横交错出万水千山
先民穿过五千多年前的旧石器，跋山涉水
从三峡溯江而上，从秦岭顺坡而下
凭借舟楫长途迁徙，在崇山峻岭和江河湖泊之间
开辟了东接荆襄、南达滇黔
西连三蜀、北通汉沔的原始驿道

老重庆，你还记得
挑鸡蛋经贵州卖到广西，还没到达
就孵出小鸡的那个流传已久的笑话吗？
你还记得从通远门出发，穿过牛角沱
小龙坎、歌乐山、陈家桥至青木关
到简阳，成渝古驿道上的双车道吗？
你还记得龙泉、双凤、白市
南津、老关口五大名驿吗？
你还记得
"重庆第一关"上的悲欢离合吗？
你还记得"山程若付丹青手，绝好悬崖斧劈皴"的诗句吗？
你还记得始于唐宋的来凤驿吗？
你还记得见证了两段传奇爱情的
成渝古道上的马坊桥吗？
你还记得盘山路上
老鹰岩螺旋状的跨线桥吗？

1 呼啸的风景 ——诗叙重庆高速公路

你还记得青龙嘴
重庆第一座公路隧道吗?
你还记得成渝古驿道上
施济桥的沧桑表情吗?
你还记得抗战时期,水路、铁路被切断
只能靠公路运输战略物资的艰难吗?
你还记得第一个五年计划建成通车
到南充的第一条公路的那131公里吗?
你还记得翻山越岭、沿河绕道
行路艰难的旧重庆吗?
你还记得山峦纵横、江河密布
事故频发的老旧公路吗?
你还记得从主城到区县
咫尺而遥远的漫长吗?

你肯定记得,我也应该记得
那是南山、缙云山、中梁山、大巴山、武陵山
千山阻隔的重庆
那是长江、嘉陵江、乌江咆哮两岸
近在咫尺而遥远的重庆
那是世代穿山越岭、肩挑背扛
纤夫拉不断江水的重庆
那是驿道上古老、曲折、巍峨、闭塞的重庆
那是我们散居在岩洞、茅屋
走不出山野的重庆
那是蜗居渝中半岛,需要临空索道
渡船过江缓慢的重庆
也是我们发誓要走出天空狭窄的重庆

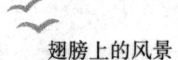

翅膀上的风景

驿道上,曲折而拥堵的重庆
驿道上,祖祖辈辈渴望越过千山万水
拥抱大海的重庆

重庆高速,从蓝图上呼啸而出

"要想富,先修路"
"要快富,修高速"
无须论证,高速公路对经济发展的重要性
也不必说,对富国强民的重大意义
只想说
三千万巴渝子民祖祖辈辈
期盼早日走出
大江大河、千山阻隔的渴望
我们亟待穿越千山万水
城市急迫走向山野乡村
乡村迫切走进都市繁华
历史和时代,选择了重庆高速集团
重庆高速集团,抓住了历史机遇
他们从50人起步
到超过万人的规模扩张
从一百多公里的小试锋芒
到数千公里的完美跨越
还给了历史一个奇迹

重庆直辖、西部大开发、三峡移民
城乡统筹、国家高速网络规划
一阵阵春风掠过两江,翻开了
重庆蔚蓝的交通规划图

一年起步打基础，十年巴渝变坦途
五年变样，八年变畅
这不是口号，这是重庆高速人
已经擂响的出征战鼓

重庆直辖年与交通建设年，同步起航
在国家"五纵七横"规划高速主干线上
从"大"字形规划起步
到"一环四射""一环五射"
"二环八射""三环十射三联线"
再到"三环十二射多联线"
逐年提速渐次交叉推进
放眼望去，规划图上的每一个点
都豁然在目
让我们围绕江北、渝北、南岸、巴南
大渡口、九龙坡、沙坪坝，快速画圆吧
从九龙坡、沙坪坝、璧山、永川、大足、荣昌
向成都发射吧
从渝北、北碚、合川，向武胜发射吧
从江北、渝北，向四川邻水、达州发射吧
从渝北、长寿、垫江、梁平、涪陵
向万州发射吧
从渝北、江北、南岸、巴南、綦江
向贵州发射吧
每一个熟悉而陌生、遥远而咫尺的远方
都是我们今天瞬间抵达的风景

难，难啊，蜀道难
没钱比登天更难

1 呼啸的风景——诗叙重庆高速公路

40万下岗职工亟待再就业
103万三峡移民要安置
300万贫困人口要脱贫
抬头望天,没掉一分钱
低头看地,地上精光
巧妇难为无米之炊
要从蓝图里呼啸出万里追风
钱从哪里来?

大街小巷,成群结队的老人
颤颤巍巍打开了裹得严严实实的手绢
一群群孩子拥上街头,抱来了零钱罐
征地拆迁、施工便道,均已万事俱备
不足2亿元自筹资金,如何启动招标?
山重水复疑无路,柳暗花明又一村
1997年11月27日,开标前一天
突然从北京传来好消息:国家计委
将万梁高速公路纳入日元贷款项目
30年贷款期,31亿元人民币
建设大军迅速启动金戈铁马,浩浩荡荡
向720公里环道,策马出征

战鼓已擂响,"二环八射"2000公里
从规划图里呼啸而出
重庆内环、绕城高速
以主城区为圆心,向周边画圆
重庆绕城至遂宁、长沙、泸州
至区域连接线、至湖北恩施
犹如章鱼向四面八方延伸

提速,让重庆发展飞起来

如果有人问老百姓
直辖后重庆变化最大的是什么
回答,是交通
如果再问,现在不满意的是什么
老百姓仍然会说,是交通
我们落后了太久,需要快速改变
我们亟待用距离,压缩时间
我们迫切用时间,缩短距离
我们需要追赶,更渴望领先

越过水路九连环,江河不再宛转
穿过山路十八弯,山川不再盘旋
穿过1948公里高速网
纵贯东西南北,从主城出发
8小时抵达辖区任一区县
2007年底,"二环八射"
比规划提速10年收官
曾经梗阻的山川峡谷
在风行万里中,一气呵成

战鼓未息人未歇,"三环十射三联线"
3600公里大手笔,再度一泻千里
以主城为核心
一小时经济圈为半径,画圆

以万州为中心的三峡库区城镇群

展开渝东北翼

以黔江为中心的渝东南城镇群

展开渝东南南翼

搭乘"一圈两翼"的旋风

四小时任意抵达各区县

八小时抵达周边六省会

从一环扣一环

从一条射线连接另一条射线

从提速10年,直追"三环十二射多联线"新蓝图

从720公里,到4900公里

实现了主城辐射区县、区县便捷互联

四通八达的高速网,让重庆

飞了起来,快了起来

重庆高速创造的"天方夜谭"

如果你读过《一千零一夜》
对"天方夜谭"这个典故一定不会陌生
虚诞、离奇、不可能
但在重庆高速人的手里
却变成了任意飞翔的通天大道

计划赶不上变化,一声号令
2020年建成的"二环八射"2000公里
忽然提速到2010年建成通车
1990年成渝高速起步,13年时间
完成"一环五射"390公里,意味着
7年时间将完成1600公里
这难道不是天方夜谭吗?是的
高速人要的,就是将一切不可能变为可能

重庆,没有一望无际的辽阔
只有巍巍大巴山,莽莽武陵山
崇山峻岭和波涛汹涌的大三峡
纵横交错的阻挡,数倍增加的里程
一半的修建时间,复杂的地质地貌
繁琐的项目审批,海量的勘察设计
庞大的资金缺口,浩大的征地拆迁
难以估量的技术难度
潮水般涌来的挑战

1 呼啸的风景 ——诗叙重庆高速公路

向重庆高速人排山倒海般压来

不辱使命,敢于担当
这必须用千里通达来回应的口号
回荡在每一位重庆高速人的心中

时间不慌不忙,但比谁跑得都快
2006年5月25日
市级相关部门负责人,来了
各区县政府、业主、勘察设计
监理和施工方,来了
千人大会在南岸会展中心绽放出浪花
高速沿线各区县23个分会场
一起吹响了
提前10年建成"二环八射"的集结号

没有公休节假日
只有"5+2""白+黑"
高速人的心脏,跳动得比秒针更快
高速人的脚步,奔跑在风的前面
跑北京的跑北京,跑现场的跑现场
一切向市场、向政策借势借力
建设资金不够,多渠道"融"
业主代表不够,向院校"招"
技术人才不够,向兄弟单位"借"
专家教授不够,向科研院所"请"
施工单位不够,招标通告向全国"发"

一份份征地拆迁文件出台了

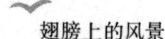
翅膀上的风景

10多万农户搬迁了
20万亩红线用地征下了
工程院院士来了
国家滑坡治理专家来了
全国各地公路甲级设计单位来了
中铁集团、中交集团来了
中建集团、中港集团、武警交通部队也来了
10万建设大军从全国各地，浩浩荡荡
奔向三峡库区，奔向武陵山
奔向18个项目、792座桥梁、146座隧道
一场声势浩大、前无古人的高速公路建设大会战
在1600公里辽阔的万水千山里，全面铺开

放眼望去，但见
巴渝大地8万平方公里的土地上
金戈铁马滚铁流，炮声隆隆撼群山
高速人率领建设大军
以摧枯拉朽之势
在倒计时的秒针上挥汗如雨
谱写了提速10年完成
"二环八射" 2000公里的"天方夜谭"
驶向高速的重庆，再度提速快起来

把高速公路轻轻放进大自然

把高速公路轻轻放进大自然
如此浪漫而富有诗意的环保理念
在高速集团人人尽知
绿色、低碳、美观、智能
这些环保关键词
镶嵌在"二环八射"每一寸的延伸里
既要高速度，也要赏心悦目
提速10年，时光回转
进度与环保，一个都不能少
每一次驾车驭风和车窗外的瞭望
都是一次惬意的飞翔

渝宜高速重庆段
穿越大巴山和三峡库区
渝湘高速重庆段，穿越武陵山
开山炮炸响的每一个瞬间
每一棵草都会感到疼痛
建设者提出，"少修坡，多打洞"
绕过阵阵松涛
绕过入云樟林
绕过葱绿农田
绕过古色古寨
绕过参天古树
绕过高山流水

把成倍增加的钞票
变成的每一片绿叶
置换成漫山遍野的绿色呼吸

横跨小三峡景区的大宁河大桥
施工中的弃土、弃渣，哪怕人工背运
也绝不允许一粒打扰清波
渝湘高速酉阳秀山段隧道
洞口高边坡采用"棚洞结构"
洞门采用前置式洞口
峡谷桥梁采用错幅布设
最大限度减少两侧山体开挖的扰动

秀山大董岭隧道口，一棵
两人合围也抱不住的古枫树
这棵村民心中的吉祥树
在青山绿水中挺拔葱绿了300多年
按原规划，必须移走
由于主根发达，移植很难成活
建设者拉开隧道左右洞间距
把古树安置于加宽了的中央隔离带
以增加数十万元的代价为古树让路

渝湘高速水武隧道群
穿过地形陡峻、岩体破碎的群山
在羊角镇乌江南岸，分布着杨家湾
秦家院子和羊角滑坡群
一旦开挖扰动
滑坡将在瞬间复活

乌江河道地质灾难必将频繁上演
建设者选择了远离滑坡群
修建特长隧道绕过
巫山画廊，依然如诗如画
这一确保青山绿水安然无恙的创举
一举斩获中国工程勘察设计一等奖
全国首届公路交通李春奖

渝合高速原设计必须穿越缙云山、北温泉
为避免挖掘伤害山水草木
绕行七公里，三跨嘉陵江
增加资金上亿元，在晨曦的微风里
把高速公路轻轻放进了大自然
一阵阵山风，带领漫山遍野的树叶
为国家环保总局发来的嘉奖令
哗哗鼓掌

走,我们跟着风去跨桥

走,我们驾车去重庆跨桥兜风吧
不跨记忆中的传统石拱桥
只跨高速路上时尚的现代桥

我们去成渝高速
跨越赖溪河大桥吧
跨过碧波里闭合成环的清澈倒影
跨过国家科技进步奖一等奖奖杯上的光环

我们去跨越清便河大桥吧
跨过缓和曲线上优美的旋律
跨过石拱桥上古朴的民族风

我们去渝宜高速小三峡景区
跨越大宁河大桥吧
跨过长江上云雾缭绕的水墨烟雨
跨过重庆科技进步奖二等奖上的荣光

我们去渝湘高速
跨越杉木洞大桥吧
跨过填满峡谷的鸟鸣
跨过高低错落曲线里的风景线

我们去渝武高速

跨越马鞍石嘉陵江大桥吧
跨过连续刚构上坚硬而优美的抛物线
跨过嘉陵江的碧波荡漾

我们去黔江跨越沿溪沟大桥吧
跨过刀削斧劈的深山峡谷
跨过法国米洛大桥的世界之最

我们去内环飞渡大佛寺长江大桥吧
跨过黑白灰的文化流行色
手捧"鲁班奖",跨过
"千里渝湛第一桥"的美誉

我们去跨越
双塔双索面斜拉的武陵山大桥吧
跨过干溪沟大峡谷上
飞架南北的雄美壮观
跨过363米悬空上的世界之最

我们去重庆绕城
跨越观音岩长江大桥吧
跨过全国首座跨长江叠合梁斜拉桥上的琴弦
跨过"重庆十大最美桥梁"称号上的自豪

我们去重庆绕城
跨越两江长江大桥吧
跨过桥塔钢筋混凝土多层门式框架
跨过鱼嘴吐露在江面上的悬空飞虹

翅膀上的风景

我们去涪陵
跨越青草坡长江特大桥吧
跨过悬索桥上1652米的单跨悬索
跨过一江春水流碧波的汽笛悠扬

我们去万州
跨越驸马长江悬索桥吧
跨过当年驸马望穿江水不能渡的惆怅
跨过入选中央电视台超级工程的闻名遐迩

我们去绕城高速
跨越观音岩长江大桥吧
跨过长江东去的波澜壮阔
跨过桥梁博物馆里的历史长卷

在重庆桥都，我们无法一一跨越
成千上万座的公路桥
只能跨越1947座现代桥
当我越过415公里的凌空飞虹
忽然明白，在重庆
因为有了永不停息的跨越
才有了光彩迭出的今天和未来

走,我们到重庆去穿越

走,我们驾车到重庆去穿越吧
不再翻山越岭盘旋到云端
一脚油门,穿过崇山峻岭
从一个洞,穿越到另一个洞
穿越无数个瞬间的夜晚
抵达无数个长久的光明
从一座山,穿过另一座山
穿过一座高峰,抵达另一座高峰
从3000米到7600米的特长隧道
开始穿越,从时间的这头
穿越到时间的那头

飞翔在310座、511公里的时光隧道里
我的视线,是椭圆的
我的方向,是椭圆的
我的呼吸,是椭圆的
我的限速行驶,是椭圆的
我的心脏跳动,是椭圆的
我对远方的思念,也是椭圆的

穿越中梁山隧道,自东向西
穿过8900米的大山瓶颈
穿过瓦斯、渗水、溶洞、断层、压煤
"五毒俱全"的西南地质博物馆

翅膀上的风景

一路向西到成都,张开双臂
拥抱我们成千上万的巴蜀兄弟

穿过成渝高速"华夏第一洞"缙云山隧道
手捧"鲁班奖",在缙岭云霞里停风驻足
面朝云海日出,朗诵李商隐
"君问归期未有期,巴山夜雨涨秋池。
何当共剪西窗烛,却话巴山夜雨时。"
让澎湃的诗情画意,漫过巴山蜀水

穿过渝黔高速真武山隧道
穿过漏斗、落水洞、喀斯特岩溶地貌
聆听地下水悄无声息的奔流
偕爱人,赤身陷入南温泉
任由每一粒矿物质和微量元素渗入肌肤
我们曾经凄苦的表情
浸泡出水灵灵的微笑

穿过重庆主城东部铁山坪隧道
穿过森林公园、民国抗战遗址
伫立在天然绿色屏障上
瞭望群山苍茫
携带高速旋风
从两江绿岛、生态新城自然景观的地标上
呼啸而过,让眼眸里的碧波
荡漾在瞬间飞逝的绿风里

穿过渝合高速北碚特长隧道
模仿巨石伸入嘉陵江,卧水听涛

穿过江畔明珠上的都市花园
把疲劳置身于北温泉的云蒸雾绕
扶摇大雕，掠过茫茫森林
一路穿云到合川
盘旋古战场遗址，鸟瞰上帝折鞭处

穿过万开高速铁峰山二号特长隧道
凝目隧道口栩栩如生的雕塑
乘风飞过智能化控制的每一寸空洞
伸出智慧手臂，制服瓦斯、膏岩、涌水和岩爆
操控"核磁共振"
"望闻问切"千奇百怪的地质灾害
问好一路山川安好，祝福天下人
在重庆的每一次穿越，都通达平安

我们去穿越渝湘高速的"开窗"隧道吧
从秀山到酉阳，6座隧道迤逦峡谷
从侧面打开窗户说亮话
让每一棵树木
在棚洞隧道棚顶，都怡然自得
让掠窗飞驰的风景，尽收眼底

穿过石忠高速方斗山隧道
攀登斜井的全国陡峭之最
在斜井曲线提升运输技术全国首创的荣耀上
刻下重庆高速人的名字
穿过山体里每天一万立方米涌水的波涛汹涌
驯服的水患，已成隐蔽的涛声
穿过特长隧道地下风机智能通风的畅快

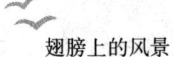
翅膀上的风景

把山野的清新,吸入7790米的虚空
品咂穿越的呼吸,都是鸟鸣森林的味道
让"火车头优质工程奖一等奖"和"鲁班奖"的光环
在建设者的脸庞上
闪耀,闪耀,再闪耀

用责任累积而成的担当文化

如果你在任意一个子夜
走进重庆高速集团总部大楼
问门岗,他们的企业文化是什么
他一定会指向一扇扇穿过黎明的窗户
告诉你,是"担当"

如果你问从大楼里办完退休手续
缓缓走出的老人
他们的企业文化是什么
他一定会捋顺头上花白的时间
告诉你,是"担当"

如果你问正在加班的年轻人
他们的企业文化是什么
他们一定会用一推再推的婚期
告诉你,是"担当"

如果你到施工现场
问挥汗如雨的民工
他们的企业文化是什么
他们一定会手指前方的大山告诉你
早点修通,回家的路就近了
还是"担当"

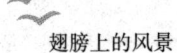

翅膀上的风景

如果你风驰电掣飞奔在巴山蜀水
无须再问,风靡世界的巴渝美景
也会告诉你,依然是"担当"
"担当"二字,在这里,已经
成为自觉和习惯
成为常态和责任
成为重庆高速人的原始文化基因

是的,每一位重庆高速人
都是移山的"愚公"
他们说,大禹治水
可以三过家门而不入
我们逢山凿路,遇水架桥,造福巴渝
也可以十过家门而不归

如果你站在重庆高速集团"担当"文化面前
感觉到抽象而空洞
那你一定没有亲自驾车,飞越过
纵横交错在巴山渝水中的飞天高速
他们用一次又一次敢为人先的"担当"
在巴渝的崇山峻岭中
一往无前

20世纪90年代,成渝公路建设之初
重庆高速人果断提出,把成渝一级公路
建成中国西南第一条高速公路
重庆高速人的"担当",令人敬佩不已

中梁山和缙云山隧道
是当时中国最长的公路隧道

原为"半横向通风"设计
重庆高速人敢为天下先
改为"纵向通风"
然而，谁能想到这项重大的设计变更
却受到了外国专家的质疑
甚至承受了世行"停止贷款"的威胁
重庆交通人依然选择了"担当"
工期提前半年，节省投资4500万元
科研成果在全国广泛推广应用，成为中国
特长隧道"纵向通风"设计的标杆

重庆直辖之年，正逢亚洲金融危机
高速公路建设因资金严重短缺
陷于山穷水尽
重庆高速人仍然选择了"担当"
大胆招商引资，开源节流，修建了
重庆至长寿、贵阳、合川的三条高速公路

"二环八射"提速10年建成通车
1200亿元资金要快速筹集
8个项目审批要急速推进
5万多亩红线用地要提前和谐征拆
500公里线路要加速勘察设计
上百个标段要面向全国招标
重庆高速人还是选择了"担当"
无数人的"担当"，"担当"出了
2000公里的风驰电掣
"环境保护"与"节省投资"
重庆高速人跳出死循环
果断选择了青山绿水

翅膀上的风景

依然是"担当"

渝合高速公路，走西线
缩短8公里穿过缙云山，省钱省工
多花7个亿，三跨嘉陵江绕过缙云山
重庆高速人毅然选择了"担当"
缙云山依然安然无恙
北温泉依然温润清澈

渝湘高速武隆段两跨乌江
沿江而行的自然景观"乌江画廊"
将在隆隆炮声中面目全非
如果改变设计，增加6座隧道，穿过
喀斯特岩溶地貌，绕开"乌江画廊"
将面临资金和施工、运营安全风险
面对众说纷纭，重庆高速人
再度为环保，选择了"担当"

当万水千山惬意地飞过你的眼眸时
你可曾想起重庆高速人的智慧和辛劳？
回望三十年风雨兼程
瞭望三千里路云和月
在数不胜数的"担当"里
曾经闭塞的巴山渝水，早已弯道超车
山水纵横的巴渝大地，已然华丽转身
我们的远方，朝发夕至
我们的未来，大路朝天

我们穿过两江枢纽,通江达海

打开国家区域经济版图
我们的重庆,在长江上游
"一带一路"和"长江经济带"联结点上
汇集了铁路、公路、水运、航空立体交通
在西部大开发的战略支点上
一条条内外通道,射向四面八方
一批批重庆物流,通江达海

我们的高速公路枢纽
在任督二脉上发射出的奇经八脉
内通38个区县
外联16个出渝通道

向东看,东接荆襄
驶向渝宜高速,穿过巫山抵宜昌
驶向沪渝高速,穿过石柱接利川
驶向黔恩高速,穿过黔江达恩施
驶向万利高速,穿过万州再通利川

向南看,南达湘黔
驶向渝东南,穿过渝州射向怀化
驶向渝湘高速,穿过山城联通长沙
跨上延伸线,直奔
长株潭、珠三角、海西经济区

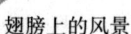
翅膀上的风景

驶向秀松、酉沿高速
渝湘黔旅游金三角快速通道
一气贯通
开通南川至贵州，道真
将融入重庆一小时经济圈
贯通江津到贵州，四面山
习水森林公园与赤水风景区，将与成渝环线
形成区域旅游高速大环线

向西看，连通三蜀
成渝、渝遂、渝蓉高速
实现成渝两地三通
渝武、渝泸、渝广、渝邻，和开州到开江
昔日蜀地一家，今日巴蜀一体

向北看，通汉沔
莽莽大巴山阻隔了渝都与三秦互通有无
穿过渝邻、达陕包茂高速，直达西安
城开高速，炮声正隆
渝东北链接陕南，已经通达
巫山穿越安康，正在蓝图上跃跃欲试

遥望出海口，汽笛空鸣远方
我们在西部深处，远离大海
火锅的鲜香麻辣，难以漂洋过海
2004年12月，我们已经通过渝黔
驶向兰海高速，直奔湛江出海口
在重庆第一条高速出海通道上
巴渝汉子的朗朗笑声已穿山越谷

1 呼啸的风景 ——诗叙重庆高速公路

驶向渝宜高速,在沪蓉高速上,穿过
湖北、安徽、浙江、江苏,直达上海
在重庆第二条高速出海通道上
我们跨过太平洋,与世界握手言欢

驶向渝湘高速,8小时穿过长沙
会合京珠高速,直达广州珠江
在重庆第三条高速出海通道上
巴渝物流穿过南海,直达天下异邦

驶向渝泸高速,穿过云南
奔驰中缅国际大通道,直达东盟
满载重庆制造的万吨巨轮
问好印度洋沿岸,再穿过马六甲海峡
撒下太平洋5000公里的浪花
在重庆的第四条高速出海通道上
悬挂五星红旗,抵达欧非大陆

从巴渝大地起航的高速旋风
从东南西北,向四面八方狂飙
以迅雷不及掩耳之势
从两江沿岸飞奔而去
因为高速,我们是中国西部的地标
因为高速,我们扇动翅膀翱翔出川

翅膀上的风景

仰望重庆高速之"最"

当你飞过巴渝大地,融入绝美风景之时
当你飞过高山峡谷,放飞巴渝豪情之时
当你飞过千山万水,围绕家人团聚之时
当你飞过江河湖泊,签订商务合同之时
你可知道,你飞过了多少巴渝高速之最

当你穿越成渝高速时,你可知道
那是我们重庆最早建成的高速公路
是我们重庆人
完成的第一次无障碍飞奔

当你穿越渝蓉高速和绕城西段时
你可知道
那是重庆第一条双向六车道
时速120公里的最高标准的高速公路
是我们重庆人
第一次鼓起的高速旋风

当你穿越石忠高速公路
你可知道
那是重庆最高海拔的高速旋风
是我们重庆人
开天辟地离天最近的呼啸

1 呼啸的风景 ——诗叙重庆高速公路

当你穿越渝湘高速水武段
你可知道
那是重庆桥隧比最高的高速公路
是我们重庆人
第一次穿越崇山峻岭如履平地

当你穿越城开高速公路时
你可知道
那是重庆一次性投资最多
单公里投资最高的高速公路
是我们重庆人
第一次最奢华的豪迈追风

当你穿越渝长高速公路时
你可知道
那是重庆采用国内外招标最早的高速公路
是我们重庆人
海纳百川的辽阔胸襟

当你穿越渝合高速公路时
你可知道
那是重庆最早的景观高速公路
是我们重庆人
第一次携带人文景观，与自然景观的高度融合

当你穿越渝蓉高速公路时
你可知道
那是重庆最早的低碳高速公路
是我们重庆人

第一次依靠科技穿越的智慧通道

当你穿越万利高速驸马长江大桥时
你可知道
那是重庆最大跨径的悬索高速公路桥
是我们重庆人
第一次横跨遥远的咫尺

当你穿越渝湘高速武陵山大桥时
你可知道
那是重庆最高的高速公路桥梁
是我们重庆人
第一次飞天揽月的悬空飞翔

当你穿越绕城高速观音岩长江大桥时
你可知道
那是重庆最宽的高速公路组合桥
是我们重庆人
第一次飞过山路十八弯的辽阔视野

当你穿越奉溪高速大宁河大桥时
你可知道
那是重庆最大跨径的钢桁架拱桥
是我们重庆人
第一次豪情满怀的铿锵飞跃

当你穿越高家花大桥时
你可知道
那是嘉陵江上最早的高速桥

是我们重庆人
第一次刚构凌空飞渡嘉陵江的碧波

当你穿越成渝高速中梁山隧道时
你可知道
那是重庆最早的高速公路隧道
是我们重庆人
第一次瞬间穿过螺旋式盘山公路的快捷

当你穿越石忠高速方斗山隧道时
你可知道
那是重庆最长的高速公路隧道
是我们重庆人
第一次缩短出川通道的喜悦

当你穿越渝合高速北碚隧道时
你可知道
那是重庆最早铺装阻燃沥青的高速隧道
那是我们重庆人
第一次在国内敢为人先的创新和担当

当你穿越成渝高速公路时
你可知道
那是重庆最早转让经营权的高速公路
是我们重庆人
转变经营思路，第一次开辟的融资渠道

当你穿越渝邻高速时
你可知道

那是重庆最早合股建设的高速公路
是我们重庆人
第一次转变融资模式，共建高速的创新之举

当你穿越成渝高速公路时
你可知道
那是重庆最早利用外资建设的高速公路
是我们重庆人
第一次利用世行贷款，借鸡下蛋

当你穿越马桑溪长江大桥时
你可知道
那是重庆最早获得"鲁班奖"的高速公路桥
是我们重庆人
发扬工匠精神，追求完美的品质体现

因为我们拥有了无数个
重庆之最、中国之最和世界之最
从而拥有了无数次完美绝伦的穿越
正如对重庆高速人的仰望
同样，那也是我们的仰望之最

高速绽放的数据之花

你出一元钱，在高速公路建设工地
雇人挥一次锹
通车后，我给你一百元
不管你信不信，经济学家的测算
我信
你如不信，我来告诉你
高速路上绽放的那些数据之花
结出的果实

成渝高速催生而出的渝西经济走廊
沿线6区县，走出西南出海大通道
手捧西部大开发的长卷
打开泛珠江三角洲的扉页
携带高速旋风
进入中国—东盟自由贸易区
生产总值从2005年的3467亿元
到2010年的7925亿元
2010年，"二环八射"抵达巫山
生产总值，从2000年的12亿元
到2012年迸发出的70亿元
与巫山毗邻的奉节，从2000年的21亿元
到2013年的160亿元
云阳，从2000年的22亿元
到2013年的150亿元

翅膀上的风景

一连串翻跟头增长的数据之花
开遍巴山渝水

我亲眼看见
那么多弯腰的祖辈，挺直了脊梁
微笑之花，开遍了荒郊山野
那么多的草房岩洞，恍如隔世
民宿之花，铺满了青砖碧瓦
脱贫攻坚之花，舒展了满脸的皱褶
那么多的巴渝子民
在数据的果实里埋头狂奔
你看，那漫山遍野的山笑、水笑、人含笑

从变换呼啸而出的数据里
走出的城市，越来越辽阔
长出的高楼，越来越抵近云端
遍布的工业园区，越来越像星辰
江水涌起的浪花，越来越欢腾
爱人手上的玫瑰，越来越浪漫
梅花装饰的街头，越来越芬芳
推波助澜的花香，越来越袭人
两江四岸的车流，越来越拥堵
堆积如山的菜市场，越来越拥挤
穿过迷雾的太阳花，越来越耀眼
月亮花吻过的夜景，越来越璀璨
小区门口的三角梅，越来越夺目
老人手上的康乃馨，越来越长寿
公园晨练的年轻人，越来越蓬勃
对答如流的机器人，越来越人性

在巴渝山水的花园里

百花盛开的声音，此起彼伏

繁花似锦里铺满的数据之花

我被魔幻的盛景，一再迷惑

我顾不上每时每刻的眼花缭乱

只能别无选择地，选择绽放

选择我在世界的春暖花开

翅膀上的风景

在重庆，高速让我们飞得更快、更远

"二环八射"开通后
各区各县，各行各业
巴山渝水所有的版图布局，都在改变
速度与距离，改变了我们等待的焦虑
我以更短的距离去见你
你以更短的时间来看我
思念，不再翻山越岭
埋怨，在风速中消失
村庄，越来越像都市
城市，越来越向往村庄
一切都在漫无边际、不可阻挡地改变
在重庆，高速让我们飞得更快、更远

围绕高速走廊，产业结构，在改变
围绕绕城高速，10多个经济组团，在改变
围绕渝湘高速，
主城、渝西、三峡库区、渝东南4大板块，在改变

川渝通往珠三角门户的秀山，在改变
酉阳新一轮扩城版图，已经改变
雨后春笋一般涌现的新型工业，在改变
"三环十射三联线"上
43个市级特色工业园区，在改变
重庆新型工业基地格局，在改变

在长寿经济技术开发区的棋盘上
国内外81家大型企业
12家世界500强、19家国内外上市公司
在四通八达的高速网上，星罗棋布

"西部硅谷"的西永微电园
毗邻渝遂、渝蓉高速
东邻内环、西接绕城高速
台湾茂德科技集成电路项目，来了
中电科技集团重庆产业园项目，来了
北大方正西部IT产业基地，来了
台湾矽统科技公司，来了
惠普全球软件服务中心，来了
越来越多的产业大亨穿过高速
向重庆云集。同样，因为高速
投资超过300亿元的86户企业，已经落户永川
世人亦难以知晓
还有多少难以统计的数据
数不胜数的陌生还有多少
在势不可当地改变

"路漫漫其修远兮，吾将上下而求索"
在重庆，是我们改变了高速
还是高速改变了我们？
唯一不变的，是我们在改变的路上
变得更快，飞得更高、更远

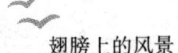

翅膀上的风景

致敬,巴山渝水上的筑路人

如果你在节假日
偕家人和朋友,驾车驶离主城区
去看你想看的风景时
如果你从各种风景里飞速来到主城
沉醉在都市风情里时
如果你抢在时间的前面
签订了一份商业合同时
如果你超越风速
收获了一份爱情时
在一路飞扬的惬意里,你可曾想到
脚下那一条条飞越高山流水的高速路上
流淌着多少建设者的喜怒哀乐

你可能不知道,但
每一座穿山越岭的隧道,都知道
每一座跨江越谷的大桥,都知道
沿途的一草一木,都知道
十万建设大军的每一个家人,也知道
知道他们终年与青山做伴
与风雨雷电为伍
知道他们长年累月舍弃妻儿老小
终身迁徙在遥远的天涯
以路为业,以路为生,以天涯为家
于他们而言,奉献不仅是一种精神

更是一种生活常态。他们就是
誓把天堑变通途的建设大军

30多年重庆高速公路的建设历程
3000多公里的天涯风云
就是一部与日月同辉的奋斗史
当两江四岸一次次吹响高速公路建设集结号时
中国铁建来了
中国中铁来了
中交集团来了
武警部队来了
他们携带金戈铁马
浩浩荡荡开进巴山渝水

中交集团，肩扛"墨脱精神"来了
在巫山脚下、三峡腹地、武陵山区
用开山炮的回响和月光下的汗水
给妻儿写信
诉说山里的祖祖辈辈出不去
外面的繁华进不来的苦衷
为了更多的人更快回家
他们逢山凿路，遇水架桥，回不了家

中交第二公路设计院的工程师来了
他们怀揣红薯，头戴草帽，脚穿胶鞋
手拿标杆皮尺，身背全站仪
攀登海拔1700多米的摩天岭
在奉节至巫山60多公里的山野里
手提砍刀开路，登山丈量高度

绕过丛林里的毒蛇和蜥蜴
饿了，啃红薯
渴了，饮山泉
困了，借住山民家
来回穿过400多公里的荆棘和泥泞
向大山钻探了5万多米
每一个细节的设计
都来自地下岩石每一毫米的陌生变化

中交集团在"三环十二射"
"新千公里"716公里战线上展开厮杀
架起了单跨超千米的长江驸马大桥
创造了中国的超级工程
万利高速龙驹特大桥
地处高山深谷的悬崖峭壁
最高桥墩超过40层楼
没有道路，建筑材料上不去
他们就肩挑背扛
一座背上山的大桥，已经凌空飞谷

中国铁建，中国中铁
"中国"二字打头、钢铁铸造的两只穿山劲旅
重庆高速所有建设现场，都有他们坚硬的影子
在重庆总长390公里的隧道中
他们以肉身凝聚而成的意志，穿越了
286公里坚硬的岩石和魔幻般变化的地质

从铁道兵走来的中国铁建，头顶军魂
肩扛"青年突击队"大旗

在陡峭的山旮旯里，撑起帐篷
在悬崖的藤蔓下，夜宿岩洞
他们留下"遗书"，绳索拴腰
在悬崖上开凿洞口
在风险丛生的隧道里
渡过了中兴隧道的涌水
穿过了大董岭隧道的溶洞
消解了肖家坡隧道的瓦斯
穿越了方斗山隧道的断层
驯服了摩天岭隧道的洪水
以铁道兵的坚韧
洞开了掌子面上柔软而坚硬的漆黑
隧道贯通那一刻
所有的光明，都从洞口两端倾泻而出
那一刻，军魂与阳光一起闪耀

梁万高速马王槽隧道施工现场
中铁隧道局的"青年突击队"队旗
辉映着帐篷上的寒霜
他们饱含青春的激情
在零下冰冻的午夜里做梦
梦里梦外，都在刨冻土、开洞门
还有年轻的生命之花
凋谢在了刺骨的寒风里
冰雪融化，整座山都在用泪水送别

武装警察部队，从川藏公路和
青藏公路带来的"两路"精神之花
盛开在万州铁峰乡

如果你有机会，路过
万开高速铁峰山下的民国场旧址
一定不要忘记停车驻足，仰望纪念碑
默诵邓高如将军撰写的碑文：
察患于未然，救民于倒悬
民国场，执政为民，以民为本
民莫幸于此焉，场莫幸于此焉，国莫幸于此焉！

2004年9月5日，在万开高速公路通车之际
民国场突遇特大暴雨
正在施工的交通武警官兵
以军令如山的气势
紧急撤离疏散了2160名群众
顷刻间，3平方公里的巨型山体
以山崩地裂、排山倒海之势倾覆而下
1582间房屋荡然无存

2006年11月3日早上，一辆救护车
载着一名8岁患儿从开县向万州急速而来
如果走老路，2个多小时的颠簸
对一个生命垂危的孩子
就是一条漫长的绝路
如果从尚在养护期的半幅公路通过
一朵奄奄一息的童花，尚有希望重新绽放
正在进行路面施工的武警官兵
迅速撤卡、清障、放行
派出官兵沿途执勤护送
孩子得救了，一面上书
"肩负生命道义，感动帅乡故里"的锦旗

悬挂在了工地军营
官兵撤离前，把打好的水井
修好的便道，赞助的希望小学
留给了村民
送行的群众潮水般涌来
拉着官兵的手，久久不愿离去

在新千公里"二环八射"的会战中
他们都是重庆人铭刻于心的筑路功臣
辽阔森林里的每一片树叶
都在为他们获得的
"重庆五一劳动奖"奖状、奖章
"重庆市工人先锋号""党员先锋队"
"青年突击队"和"工人先锋号"
鼓掌、致敬

英雄谱上站立出的独特风景

他们只是
巴山渝水的一株草,绿野千里
万山丛中的一棵树,顶天立地
滚滚长江的一滴水,波涛汹涌
山花烂漫的一枝花,芬芳原野
设计图上的一条线,纵横山河
千里追风的一片云,风景如画
他们在十万建设大军的森林里
以平凡而独特的姿势
站立出了英雄谱上的独特风景

张乐华,翻山越岭十八年

如果穿越,回到成渝、渝黔
渝武、渝湘高速公路施工现场
你一定会看到张乐华永不停歇的背影
在崇山峻岭中穿行
他常常忘记,自己是一名高级工程师
只记得业主现场代表的身份
现场,就是他的战场
人们记得,他
十八年的翻山越岭
十八年的山水迁徙
十八年的现场吃住
十八年的别家远行
十八年的不眠窗户
十八年的"清白做人,干净做事"
十八年的对待施工单位一视同仁
十八年为国家节约资金超千万元
十八年获得百家施工单位的高度评价
记得他,十八年勘察现场的每一个脚印里
盛满的那些汗水和智慧
换来的是,北碚隧道
荣获"中国建设工程鲁班奖"
"国家优质工程银质奖"
东阳嘉陵江大桥和白果渡嘉陵江大桥
双双获得"巴渝杯优质工程奖"

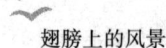

渝武高速公路渝合段,获得交通运输部
公路交通优质工程一等奖和"廉洁工程项目"称号
还有那,悄然霜白的两鬓

卜令涛，科技攻关的领头羊

如果穿越，从回到2005年
担任项目经理那一天开始
你会发现，卜令涛带领课题小组
攻克的那些技术难题，获得的那些荣誉
那么耀眼、夺目

瞿塘峡畔的梅溪河大桥
栖息在地质结构复杂的巴东板块上
桩基深深嵌入岩层，施工难度
胜过一瓢一瓢舀干瞿塘峡的江水
卜令涛组织课题小组的科技攻关
比长江的水滴还要多

2006年6月的一天
大桥桩基施工遭遇阻力
从每日2米，下降到每天20厘米
卜令涛顶着高温酷暑，与钻机工人同吃同住
凭借丰富的施工经验
判断出实际地质与初勘地质严重不符
他向业主提出了二次勘探的请求
通过复勘，结果与推断完全吻合
一举攻克了国内桥梁建筑史上
罕见的桩基嵌岩深达30米的技术难关
填补了重庆地区的施工空白

此后，攻关成果一发不可收
大体积混凝土浇筑温控技术
破解高塔泵送混凝土
堵管、爆管、卡管技术
国内首创小平台悬空牵索挂篮拼装技术
一篇篇论文，频频获奖
一项项荣誉，纷至沓来
"国酒茅台杯"国家二等奖
"真龙杯"国家二等奖和国家级工法
一个项目先后获得三项国家级技术成果
开了高速集团课题获奖数量的先河
综合考评，以绝对优势7次勇摘桂冠
重庆市交委"十佳诚信施工单位"
"重庆市青年文明号"
"全国青年文明号"
一项项不胜枚举的荣誉
映红了重庆高速公路建设史上荣誉榜

孙国一,忠孝难以两全的北方汉子

孙国一,这位来自中交集团的北方汉子
在渝湘高速洪西段路面工程项目经理岗位上
把自己交给了巴山渝水
也把终身难以弥补的遗憾
留给了自己

2010年9月21日凌晨
回到驻地的孙国一抑制不住的疲惫
穿过黎明,与朝阳一同升起
家里连续几次电话,都未能叫醒梦中沉睡的他
醒来后,也没顾上回拨
直到第二天,家人再次来电话
才得知母亲已经去世的噩耗
母子连心,孙国一强忍悲痛
把现场安排妥帖
带着一路悲痛,独自回家

见到母亲遗容的那一刻
他似乎感觉到母亲已经宽恕了他
但他不能宽恕自己
他在母亲面前长跪不起,焚香,烧纸
愧疚、痛心和遗憾,搅翻了他的五脏六腑
这位在工地上叱咤风云的北方汉子
那一刻,如此悲怆羸弱

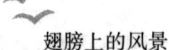
翅膀上的风景

那一副担起万水千山的双肩
在急促地、无声地,颤抖
泪水打湿的胸襟,至今未干
膝盖上的跪痕,至今未愈

送走母亲,孙国一又急匆匆赶回了工地
不同的是,沉默,越来越多
笑容,越来越少
穿过青山白云的沥青路面
却越来越赏心悦目

刘学洲,退而不休的奉献者

工程建设,征地拆迁首当其冲
已过天命之年的刘学洲
从巫山交通运输局副局长退居二线,走在了
渝宜高速巫山段征地拆迁的前线

管区17家施工单位4000多人的建设大军
在巫山人地两生
新修施工便道100多公里的管区内
涉及5个乡镇27个村上千家农户
几十万株的林木要砍伐
上万平方米的民房要拆迁
错综复杂的治安要协调
供水、供电、材料运输要保障
行走在各种矛盾风口浪尖上的刘学洲
顾不上停一次脚步,皱一下眉头

"上不过午,下不过夜"
"小事不出村,大事不出县"
他给自己上了"紧箍咒"
在沟壑纵横的巫山5年多
携带500多起矛盾纠纷翻山越岭
步行1000多公里的跌宕起伏

滑坡现场,组织抢险

他冲在前面

暴雨肆虐，施工安全和农民安危

他冲在前面

2007年6月，洪灾造成17标便道突然塌方

刘学洲不到半小时赶到现场

组织抢险三天三夜不眠不休

2008年8月，李家湾高切坡出现滑坡

他火速赶到现场，紧急组织撤离

13户农户安然无恙

穿过千座山峰，跨越万丈峡谷

荆棘丛生的路上

刘学洲记不得跌倒了多少次

划破了多少件结满汗霜的工装

也记不清手臂上划开了多少道血口

扔掉了多少双爬山穿底的登山鞋

走家串户释疑解惑，费了多少口舌

看到了多少张山民转变的笑脸

当一户户村民搬进岩洞和草房

一辆辆施工的设备铁流滚滚开进高山峡谷

一阵阵开山炮响彻云霄

一段段路基扬长而去

一座座桥梁跨越山谷

一座座隧道穿过大山

他卸下疲惫，开心地笑了

笑得满头银发闪闪发光

当高速路开通那一刻,他才忽然大悟
自己退而不休走小路
是为了更多的人,走大路

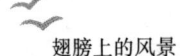
翅膀上的风景

钟明全,"乌江画廊"的守护者

当你轻松穿过千山万水
抵达你的心灵风景时,你可知道
纵横巴山渝水的高速通道的设计者是谁吗?
他就是重庆勘察设计院总工程师钟明全
重庆的大山大水、大江大河,都知道
他足迹所到之处,都是天堑变通途
每一次设计灵感的闪现
都是从重峦叠嶂的现场
走上图纸的再现。一条条高速通道
从他笔下的线条里呼啸而出
至今他还记得,最大的挑战,却是
渝湘高速白马至武隆段的勘察设计

如果大幅降低造价,低线位架桥两跨乌江
将对自然景观"乌江画廊"带来难以修复的灾难
如果高线位打隧道,从羊角镇背后
穿过喀斯特岩溶复杂地质地段打通6座特长隧道
谁来承担高出数亿元的巨额投入风险?
钟明权自然首当其冲

他带着设计团队,再次来到乌江之畔
放眼瞭望,但见两岸
雄奇险峻的千峰万壑
美如仙境的青山绿水

他不禁感叹道：这是大自然的馈赠

这是上天赐予三千万重庆子民的人间天堂

一种历史责任感和对自然的崇拜

随着波涛汹涌的浪花，涌上他的心头

宁愿让建设为环境让路

也决不能让环境为建设买单

钟明权石破天惊的设计决策

惊呆了所有知情者

一波刚平，一波又起

陡峭的岩壁上

桥隧相连的施工平台几乎为零

无法并行展开施工

隧道群的大量弃渣如何处置？

直接倾倒在江里吗？

钟明全带领设计团队再度大胆创新设计

提出采用旁引导洞、主线扩展的方法

避免了桥梁与隧道并行施工相互干扰

在乌江峡谷自然形成的深沟里

利用水工技术，用弃渣筑坝修建弃渣场

消化隧道弃渣

不仅解决了弃渣处置的环保问题

还节约了上亿元的工程投资

特长隧道，一座接一座

桥隧相接无法正常设置上下通行交叉渡线

紧急救援与维修保养的难题

再度摆在了他的面前

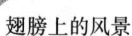

翅膀上的风景

钟明全提出，创新采用"扇形渡线桥"
难题再次迎刃而解

钟明全和他的团队，辗转高山峡谷
攻克了一座又一座环保、技术堡垒
完成了23公里就有
22公里桥隧相连的勘察设计
一条安全、环保、舒适，与大自然
和谐共生的精品高速
从"乌江画廊"绝尘而去

莫友平，工程质量的"监察御史"

翻开莫友平的履历，走过了
监理工程师、高级监理、总监和
监理公司总经理的历程
32年的监理生涯
因为铁骨柔情的工作作风，被人称为
重庆高速公路工程质量的"监察御史"

1996年，莫友平来到铁山坪隧道任项目高监
因为瓦斯、岩爆、断层、涌水、塌方
"五毒俱全"的复杂地质
专家来了一批又一批
提出的方案一套又一套
施工方质疑专家提出的塌方处治方案
没有结合现场的施工设备和技术能力
难以实施
一天中午，不放心的莫友平
再次来到现场反复查看
他沿着坍塌体深入坍腔内部
忽然"轰隆"一声
莫友平虽然本能后退了几步
乱石还是从他身体上翻滚而过
刚从渣堆中挣扎出来向外奔跑时
忽然又是"轰隆"一声巨响
塌方再次发生

蹒跚走出洞口的莫友平，这才发现
自己的左臂和左腿，已经严重受伤
死里逃生的莫友平
忽然顿悟到，一个好的监理工程师
需要的不仅仅是担当风险的献身精神
更需要严格的自我保护意识

2006年，莫友平来到绕城北段任总监
进入现场，他就暗下决心，一定要改变
以往施工单位拌和机"遍地开花"
规模小、成本高、质量差、污染大的状况
建立自动控制系统的大型拌和站
因为触及到了部分承包人的利益，而陷入了僵局
永不退缩的莫友平，与施工单位逐个坐下来
分析成本、化解矛盾，100多个小型拌和站
终于优化成了20多个自动控制的拌和楼
混凝土质量提高了，成本降低了，污染控制了
施工方、业主方、监理方，三方笑声融为一体

2007年11月的一天，莫友平检查梁场
发现一批成品预制梁存在异样
立即组织全面试检，结果强度偏低
莫友平立即签发了监理指令：报废！炸掉！
指令发出后，施工单位负责人多次声泪俱下哀求
莫友平不为所动
看着100多万元的损失和项目负责人
被免职离去的背影
莫友平的眼睛湿润了
他说，在安全质量面前
无原则底线的同情，就是犯罪

李大勇,把军人的使命举过头顶

奉节到云阳,一座座山峰前呼后拥
令多少人望而却步
但军人李大勇,却把修桥铺路
当成自己的使命,高高举过头顶

2007年的一天凌晨
忽然雷声轰鸣、大雨倾盆
项目管区肖家包路段发生大面积滑坡
220米长、159米高的山体整体下滑
已经成型的路基,惨不忍睹
建设者们,心疼得直掉眼泪
那可是他们日夜血拼出来的成果啊

如何彻底治理滑坡?
军人出身的项目经理李大勇决定
在100多米高的坡体上修建11级边坡

陡峭的坡体,狭窄的山路
施工设备和上万吨材料怎么上山?
李大勇买来5头骡子,艰难地往上驮运
无法驮运的,他就和战友们一起
负重100多斤,沿着崎岖的"骡子路"
一步一步往上扛。半个月过去了
两头骡子活活累死

但李大勇和战友们没有退缩
肩头磨破了，用毛巾垫
用针挑破手脚上葡萄串儿一般的血泡
咬紧牙关继续负重攀爬
一天下来，摇晃着快散架的身体，倒床便睡
就这样，33000吨材料终于上了山
曾经摇摇欲坠的山体，固若金汤

肖家包大桥的5个墩柱
地处七八十度的山坡上
连个巴掌大的作业面也没有
李大勇和战友们，腰系安全绳
悬空在100多米的山崖上
用风镐一厘米一厘米地凿
因为悬空作业，重心不稳
安全绳在悬崖上来回晃动
战士们就像悬崖上飘荡的风筝
山风，从耳畔嗖嗖刮过
绳索上的风，在悬崖上呜呜呜叫
悬崖下，是荆棘丛中乱石成堆
李大勇说，不怕不可能
但更怕任务完不成
更怕军人的形象受到质疑
就这样，他们终于用双手在峭壁上
抠出了一个3平方米的施工平台

每天吊上吊下，战士们的腰间
被生生勒出了一道道伤痕
只能用冰块止疼才能入睡

1 呼啸的风景 ——诗叙重庆高速公路

时间在战士们的腰上勒出了一块块老茧
当他们感觉不到疼痛时
悬崖上的桩基开挖已经完成

2009年，百年不遇的特大暴雨肆虐了奉节
山上的泥石流，犹如脱缰的野马
向白云村横冲直撞奔涌而去
三户人家房屋被摧毁
数百居民的生命财产受到严重威胁
李大勇带领官兵紧急出动，冒雨抢险
雷声、雨声、风声、呼叫声，响彻村庄
睁不开的眼睛，停不下的脚步
奔流的洪水，围困的民宅
分分秒秒，都揪住李大勇和战士们的心不放
战士们搭人墙，筑堤坝
把危险挡在胸前
把平安留给身后的村民
一道挡水墙拔地而起
洪水挡住了，村民和村庄保住了
过度疲乏的李大勇和战友们
犹如群雕，耸立在暴雨、泥水之中
和村庄一起，屹立不倒

郑熙,不愿做"流星"的"拼命三郎"

郑熙,一名80后工程师
也是重庆高速集团,一颗闪耀的"奉献之星"
他用十年磨一剑的执着,在生产一线
用孤独和寂寞、辛酸和不舍
以忠诚、坚强、温情为底色
诠释了当代年轻人的价值观

2005年大学毕业的郑熙
在云万、奉云、黔恩高速公路建设工地
都能看到他奔跑如飞纤瘦的身影

黔恩高速,是重庆唯一采用
施工总承包新型管理模式的项目
面对陌生的管理模式
郑熙经常为了管理文件的一个条款,斟酌到深夜
他的24小时,只有工作、睡觉两部曲
吃饭几乎忽略不计,泡面充饥已是家常便饭
一度遭遇"余味绕舌、三日不绝"的苦恼
对各种口味的泡面,至今心有余悸

郑熙患上了严重的胃病和肠炎
长期饮食作息不规律,繁重的工作压力
导致体重骤降20多斤,瘦小的身体
单薄得就像树上的一片叶子

急性阑尾炎手术后的第二天
他一手捂住伤口的疼痛
一手处理文件、打电话指导现场施工
同事们称他"拼命三郎"

一门心思奔走在工地的郑熙
无暇陪伴已经怀孕在身的妻子
妻子分娩前,他才匆匆赶到医院
孩子生下来不到一周,他又回到了工地
从儿子出生到牙牙学语
再到蹒跚走路、上幼儿园
四年里,郑熙和儿子相处的时间还不到半年
更不用说参加一次家长会了
妻子说他回家,就是客人住宾馆
他无言以对
儿子叫他叔叔,他独自背过身去

被集团评为"奉献之星"后
郑熙说,我要持之以恒
做一颗奉献企业的"恒星"
而不是一颗转瞬即逝的"流星"

翅膀上的风景

付杨波,虽死犹生的那一刻

在冰冷的键盘上,敲下
付杨波这个名字,是滚烫而悲伤的
名字之后,"烈士"这个词,是沉重的
我的手指,在微微颤抖。这一刻
在他的名字后面,我敲下了"虽死犹生"

是的,如果时间里
没有2012年3月17日这一天
如果那一刻,没有发生卡车侧翻事故
如果那一刻,付杨波没有接到报警
如果那一刻,付杨波不去事故现场
如果那一刻,那辆轻卡货车,没有
从封闭的应急车道冲入事故控制区
如果那一刻,付杨波没有
率先发现直冲而来的轻卡
没有对同事大喊"快跑",而是选择躲避
如果那一刻,没有挥舞双手示意停车
如果那一刻,轻卡稍微开慢点,稍微打一点方向
付杨波就不会在直接撞击下倒下
但是,如果没有那一刻
10多名驾乘人员和施救作业人员
就会命悬一线

但是,没有但是

如果，也没有如果
一切都不可思议地在那一刻发生了
年仅32岁的付杨波
以重庆高速执法大队中队长的身份
牺牲了

人们不愿想起，他悲壮而闪光的那一刻
只愿想起
他竞聘中队长精彩演讲的那一刻
只愿想起
他身患重感冒，在冷水路段
因路面凝冻、疏通交通严重受阻
三天三夜不回家的那一刻
只愿想起
高家花园大桥突发火灾
大桥被迫半幅封闭，他主动请缨
到难度最大的杨公桥路段负责分流的那一刻
只愿想起
他下班后又到现场指挥交通
在车流中一站就是4小时的那一刻
只愿想起
他堂堂正正执法，干干净净做人
当场拒收现金的那一刻

他用无数个点滴的那一刻
铸就了舍己救人、闪光的这一刻
那一刻，付杨波虽死犹生
那一刻，生命因此闪光

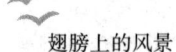
翅膀上的风景

刘春燕,在春天的窗口里微笑的燕子

结束对重庆高速集团收费员刘春燕的采访
一首赞美春燕的古诗从脑海中豁然跳出
雾雨绵绵三月梅,屋檐落雀燕低飞
双双伴影栖巢筑,早起衔泥夜幕归
不顾纤纤杨柳翠,黄花杏粉看一回
泽田往返只忙碌,旧址堂前卵几枚
她不正是重庆高速收费站窗口里
那只一直在微笑的燕子吗?

2004年,刘春燕放下大学录取通知书
打开18岁的翅膀,飞进了
渝黔高速五桂收费站的窗口
她扇动春天的翅膀,先后飞进了
江南、巴南、石龙、新玉收费站
一飞就是17年

在每一扇窗口,她都用微笑衔泥筑巢
先后孵化出了
　"查漏补缺能手"
　"收费业务能手"
　"文明服务之星"
　"百名优秀员工"
　"'六比一争创红旗'年度先进个人"
重庆市"青年岗位能手"

1 呼啸的风景 ——诗叙重庆高速公路

重庆市交委"巾帼建功标兵"
"全国青年岗位能手"
"全国交通系统劳动模范"
重庆工学院毕业证书
重庆市青年联合委员会常委

微笑是一把神奇的钥匙
能打开人的心灵
微笑是一炉炭火
能给他人带来温暖
微笑是一张名片
能沟通彼此的情感
微笑是快乐的传染源
能传达真诚的善意
这是刘春燕对微笑的感悟
也是她如影随形的人生态度

你看,她那略带羞涩地点头微笑
你听,她那一天成百上千遍的细声问候
如燕子一般
啁啾而出的"您好""一路平安"
令多少疲惫的长途司机,如沐春风
要是某一天窗口里坐的不是刘春燕
熟悉的司机就会问
"你们那个笑得最美的姑娘在不?"
她把芳香四溢的微笑
留给了高速路上的每一扇窗口
也留给了自己在高速路上最灿烂的年华

一次夜班，表针指向凌晨3点09分
班长通知她该下班了。这时
一辆刚刚驶离收费站的大巴突然停下
随之传来一阵小孩的哭闹声
一个女人带着小孩，向收费亭方向跑来
刘春燕马上折身迎上去
原来是小孩又渴又饿，到收费站找水
她把他们带进寝室，为他们泡方便面
把自己的早餐奶、饼干递给了孩子
狼吞虎咽的孩子不哭了
孩子母亲满含热泪说："你们高速上的人真好！"

然而，在这些不胜枚举的荣誉和赞美的背后
刘春燕付出了超乎常人的代价
甚至承受了失去孩子、流血和凌辱的痛苦

2004年到2013年，收费站都是站立式服务
江南收费站的车流量，在节假日
"车龙"见首不见尾
不间断站立十几小时是家常便饭
两腿发肿，头晕呕吐，甚至想哭
刘春燕依然咬牙坚持，用微笑和祝福
目送一批批司机愉快地远去

2013年国庆节前夕，发行ETC卡大规模展开
前来办卡的司机络绎不绝
负责录取信息的刘春燕
连续几天连轴转
起身、坐下、再起身、再坐下

一天循环两百多次
已有身孕的她,忽然感觉小腹隐隐作痛
坚持,坚持,再坚持
直到下班,她才发现已经见红
第二天匆匆赶到医院
可惜,胎儿已没了胎心
那一刻,就要做母亲的她,落泪了
稍做休息,这只失去乳燕而忧郁的燕子
又飞回了她心爱的窗口
强忍疼痛和痛苦地微笑,依然花一样绽开

2017年7月凌晨4点多,正在上夜班的刘春燕
鼻子突然流血不止
堵右边,左边流
堵左边,右边流
左右堵上,就从嘴里流
同事要来替换,被她婉拒
断断续续坚持到下班才赶到医院
一星期出院后,上夜班的刘春燕
又流血不止,刘春燕终于晕倒了
鲜血再一次染红了那个凌晨的窗口
刘春燕再次住进了医院

如果说,刘春燕春风一般的微笑
缓解了无数司机的疲劳
以失去孩子为代价,让司机们更快远行
鲜血染红的窗口,感动了无数司机
那么,遭遇那些恶意逃费、百般刁难的司机
刘春燕则是依法合规,寸步不让

刘春燕至今还记得，一辆贵州牌照的救护车
鸣笛疾驶，进入了巴南收费站
司机一边递出通行卡，一边大声说：
"我这是救护车，车上有急救病人，快点！"
刘春燕透过车窗发现车内空空荡荡
按规定这类救护车不属于免费范围
刘春燕以微笑和礼貌用语，催其缴费
谁料司机跳下车来，手伸进窗口
指着刘春燕的鼻子破口大骂
刘春燕委屈得眼泪直打转，但她强忍愤怒
指着窗口外的形象监督牌说：
"师傅！这是我的工号牌
您有意见可以电话举报
但请您先缴费，为后面车辆让行！"
司机见无机可乘，只得尴尬缴费通过

又一次货车通过高峰
拥向巴南收费站的凌晨
只见一名司机利用"跳称"的办法逃费
眼看不成功，要求重新过磅
如此反复数次，依然显示同一个数字
司机恼羞成怒，突然熄火下车冲到窗口
指着刘春燕大骂，说是地磅有问题
说时迟，那时快，"啪"的一声
一个耳光重重地落在了刘春燕的脸上
刘春燕杏眼圆睁，真想一头撞过去
但一看到后面排成长龙的车队
她强压怒气，一字一顿说道：

1 呼啸的风景 ——诗叙重庆高速公路

"同志,您就是再打我一耳光
还是要按规定交费!请您配合我的工作!"
司机余愤未消,一边骂骂咧咧
一边把钱狠狠砸在刘春燕的脸上
"下次再看见你,打得你吐血!"
刘春燕捡起钱,对司机行了一个鞠躬礼
说了声:"请慢走,天黑,请小心驾驶!"
伴着一股刺鼻的尾气和刺耳的引擎声
刘春燕流下了委屈的眼泪
这时,突然响起一阵掌声
原来是堵在货车后面的几位小车司机
在给她鼓掌点赞
泪水打湿的微笑,再度在窗口盛开

2013年的一天,凌晨两点多,一辆重型货车
为了逃避超载计重多交费
以S形的行进方式"跳称"
连续三次过磅,三次数据不一样
为了不影响排成长龙阵的车辆通过
刘春燕为他重开了一个匝道过磅
那名司机交完费转过来,从窗口
一拳打在刘春燕的头上,转身就往车上跑
刘春燕奔出岗亭,扭住司机不放
她至今也记不得
被摔倒了多少次,挨了多少拳
心里只有一个念头,决不能让他逃走
直到男同事闻声赶来,抓住报了警
刘春燕才感到浑身疼痛
右手两根手指已经骨折

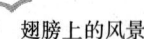
翅膀上的风景

美丽而忙碌的燕子
窗口里甜蜜微笑的燕子
至今依然是重庆高速路上
一道亮丽的风景

我们在文化的呼啸里飞翔

翻开巴渝文化的历史长卷
镌刻在三峡古栈道"绝壁上的史诗"
绵延了千年的交通开拓史
抵近百年的公路建筑史
豁然在目
"尔来四万八千岁,不与秦塞通人烟。"
"问君西游何时还?畏途巉岩不可攀。"
李白《蜀道难》的悲壮,音犹在耳
骨子里传承了夏禹巴渝治水、开凿夔门
导江入海"大禹文化"基因的重庆高速人
怀揣"地崩山摧壮士死
然后天梯石栈相钩连"的悲壮情怀
以纤夫倒拽长江八百里的气概
担起重庆高速三十年跨越发展的历史重任
一飞冲天

跨越重庆任意一条高速路
"三环十二射",茫茫渝水云
纵横八千里,一夜回重庆
我们都在文化的呼啸里飞翔

我们的山,有文化
穿过缙云山,清朝王尔鉴,有诗为证:
"缙云山下走江声,山市参差江岸横。

坐看钵翻秋月上,水光月色羡双清。"

穿过中梁山,唐朝于武陵,有诗为证:
"僻地好泉石,何人曾陆沈?
不知青嶂外,更有白云深。"

穿过南山,唐朝白居易,有诗为证:
"野径行无伴,僧房宿有期。
涂山来去熟,唯是马蹄知。"

我们的水,有文化
跨越长江水,唐朝李白,有诗为证:
"夜发清溪向三峡,思君不见下渝州。"
北宋的李之仪,有词为证:
"我住长江头,君住长江尾。
日日思君不见君,共饮长江水。"

跨越嘉陵江,唐朝李商隐,有诗为证:
"千里嘉陵江水色,含烟带月碧于蓝。
今朝相送东流后,犹自驱车更向南。"

跨越乌江水,唐朝胡曾,有诗为证:
"争帝图王势已倾,八千兵散楚歌声。
乌江不是无船渡,耻向东吴再起兵。"

这些从历史钩沉里呼啸而出的诗句
在八万平方公里的山水里纵横回响
我们每一次加速,穿过的都是
高速风景线上跌宕起伏的茫茫古意

1 呼啸的风景 ——诗叙重庆高速公路

重庆地处西南要冲
上接川秦万仞山,下连鄂湘千丈水
巫山、大巴山、武陵山、大娄山,群山壮美
长江、嘉陵江、阿蓬江、大宁河,江河浩荡
我们整装待发,豪情万丈
回望巴渝三千里,穿云破雾出海去

千座隧道万座桥,桥隧相连出巴渝
渡桥可九天揽月,入水能五洋捉鳖
风过处,我们穿山越岭,一路飞扬
纵江河之渊,飞峡谷之深,越群山之险
力量与山水联姻,我们有了桥隧文化
和谐与青山相伴,我们有了生态文化
自然与人文相融,我们有了特色文化
责任与通途携手,我们有了担当文化
我们从不等待,只知一往无前
在三十多年的时光隧道里,我们已经
习惯了钢铁坚硬,与肉体柔软的搏击
习惯了刚毅耿直,与千山绝壁的对决
习惯了天涯无际,与妻儿老小的别离
习惯了青春销蚀,与迁徙流浪的跌宕

神秘、梦幻、仙境般的武陵山大桥
有我的号子在碧波上回荡

黄花园、马鞍石嘉陵江特大桥
有我用血泡撰写的亚洲第三的铭文

翅膀上的风景

大宁河特大桥的彩虹上
有我背石上山的缭绕云梯

长虹卧波的驸马长江大桥上
有我风景这边独好、超级工程的满堂彩

江津观音岩长江大桥上
有我能抗八级地震的铮铮铁骨

穿越千江水
高速路上,览尽千江月
越过万重山
车移景异,闯过万重关

秒过北碚花木之乡,掠过千花万卉
敞开绿色怀抱,模仿"乌江画廊"

驶上合阳立交,静观恐龙雕塑
在植被造就的龙鳞上
追溯巴渝沧海桑田
仰望隧道口
吟诵"巴山夜雨涨秋池"

车过西山坪,群山渝水两苍茫
踏上青天路,崇山峻岭变通途

回望钓鱼城,翻阅八百年历史
挥金戈,御蒙军,凭吊"上帝折鞭处"
多少兴亡事,都付笑谈中

1 呼啸的风景 —— 诗叙重庆高速公路

仰望瓦窑沟大桥陡坡,恐龙成化石
竖起抗滑桩,撑起万重山,镌刻寿字纹
綦江农民版画十二生肖描其上

抵达小龙河,左右高低有错落
空灵书长卷,高悬浮雕吊脚楼
青山高低云起伏,渝黔远近共呼应

飞驰渝邻高速,拜望小平故里
瞭望边坡雕刻,侧耳"春天的故事"
心生"千帆竞发"
感叹"发展才是硬道理"
触景而生缅怀情

露营冷水服务区,石墙雕出"啰儿调"
土家民歌隔山唱,群山应和传悠扬
一曲《太阳出来喜洋洋》
顿消万古愁

飞马洞穿庙梁,邂逅李白醉酒流杯池
气宇轩昂朝天饮,飘飘欲仙斗诗酒
连声赞叹:"好酒啊,好酒!"

"把高速公路轻轻放进大自然"
浪漫的情调,在诗意的自然里悠然自得
高速与自然的天工巧夺
发展与自然的和谐对话
一份绿色的答卷,铺满巴山渝水

阴河暗通南温泉，水深静流真武山
隧道攀爬过，碧波深水流
清泉留人畜，青山千里秀

北温泉、缙云山，何处不盛景
三跨嘉陵江，绕过风景区
隧道呼啸过，美景留子孙

抗日名将张自忠，高速不过将军墓
六改六跨高架桥，取代挖山借土填
桥墩远离将军陵，不扰先烈长眠梦

三峡，我们的三峡，世界的三峡
渝湘高速，追风三峡
可寻"三千年巴渝遗风"
可观"四百里三峡胜景"
船游酉水河，秀山堤上岸
摇橹慢漂流，山歌吟幽谷
群鱼惬意游溪水，猴群峭壁啼丛林
土家山民对对出，停舟撒捕酉水调
先祖净土不忍扰，人间美景任逍遥
高速飘逸大自然，何须山川苦咆哮

真武山上老鹰石，高悬山头欲飞天
山体铆进抗滑桩，隧道相接开天窗
岩石脊背抠石槽，石上芳草飞落英
秀山沙地老虎山，半山滑坡行路难
虚拟开挖搭棚洞，别具一格侧天窗

1 呼啸的风景 ——诗叙重庆高速公路

云山迎风入眼来，误把美景当蓬莱
酉阳板溪葡萄山，山泉飞泻落九天
溶洞石笋石花开，地下森林神仙来
高低错落描飞虹，雾里浮现藏游龙
彭水黄角冠如盖，护佑村民四百年
一树当道路不通，砍伐移栽不可活
高速红线绕树过，任由绿荫朝天开
渝湘高速贯三峡，沿途盛开民族花
大师名家洒墨宝，巴渝文化进万家

登高望远，举杯怀古
瞭群山夕照，观路桥雄姿
品青山绿水，思历史兴衰
悉地方特色，赏民族风情
一条文化传输带上
穿过多少巴山渝水的万种风情

我们去渝宜高速吧，在挡墙浮雕上
一睹巫山神女、朝云暮雨的奇幻
我们去奉节服务区吧，回到"三国"
感怀"白帝托孤"的千古意境
我们去"夔州诗石刻群"吧
与诗人搭肩把酒
寻找吟诗作赋的奇异灵感
甚至邀回李白、杜甫、王维、白居易、李商隐
在古今诗会上，临江怀古
抒发今朝纵横山水的壮举豪情
在夔门的绝壁上
镌刻下重庆高速人的追风铁骨

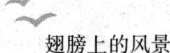
翅膀上的风景

迢迢千里的高速路
通江达海的天涯路
多元文化的呼啸路
就是我们大重庆飞翔的发展路

冷水风谷·赋

风起高速，下道河源，
傲立百佳，中国第一。
渝东石柱，天赐冷水，
山映七曜，群山游云。
左通巴渝，右接荆楚，
南望秀水，北达江城。
交旅融合，康养幽居，
风尘万里，自驾宿营。
疲意褪去，身心和谐，
天人合一，休憩观景。
野外风行，自然随风，
风之所向，心之所往。
行之所至，至之所言，
生计匆忙，浮华半生。
驿站歇步，草舍青葱，
来路倏忽，归途光明。
美哉冷水，风谷空灵，
昔日陋野，华丽转身。

居高望远，海拔千米，
层峦叠嶂，黛山万仞。
东倾西斜，南透北迤，
重峦叠嶂，沟纵壑横。
风物更迭，豁然开朗，

朝霞满天，夕照漫岭。
天下苍生，万物生辉，
云雾缭绕，宛若仙境。
冷溪潺潺，谷风习习，
嘘为雨霏，吼为雷霆。
上善若水，旋转方圆，
睁眼为阳，闭目为阴。
闲云野鹤，超然三界，
八卦太极，平衡阴阳。

一夜春至，百花争奇，
高山湿地，草坪飞英。
营地漫步，草长莺飞，
俯首闻香，春色滋润。
月季爬墙，秀色可餐，
花枝微颤，玫瑰艳群。
蜜蜂吮蕊，蜻蜓曼舞，
闲来无事，蝴蝶怀春。
风推暗香，提神醒脑，
溪谷浅唱，冷水温情。

盛夏渐入，身披薄凉，
林风拂面，身心嘉韵。
远离火炉，独享清夏，
枝丫滴翠，林间滋润。
骄阳忽温，触手可抚，
沼泽草丛，水吐浮萍。
树木错落，凉风摇曳，
林间闲游，石阶无声。

松鼠登枝，画眉鸣啭，
树冠遮阳，飞光流萤。
勾肩搭背，扣指摇风，
情侣相拥，缠绵如藤。

蝉鸣枝头，冷谷风动，
幽深清雅，薄雾轻盈。
空谷幽兰，禅音袅袅，
闭目冥想，身心入定。
玉露洗面，滴水如豆，
枯叶似床，木香沁心。
苔犹青毡，菇似伞盖，
昆虫低飞，薄翅嘤嘤。
林下书屋，挥毫泼墨，
学海无涯，诵读品茗。
书破万卷，枕眠经典，
心无挂碍，咀嚼美文。
咖啡温热，灵感忽来，
妙笔生花，落句通灵。
墨染冷水，鸟吟风谷，
忘却此生，似神非神。

踱步出林，放眼辽阔，
极目高远，蓝天飞鹰。
草地木屋，依树而落，
席草对坐，笑谈余生。
夜宿苍穹，寰宇微梦，
星空园屋，默数繁星。
房车并列，推窗远望，

翅膀上的风景

漫入油画，北欧风情。
帐篷如棋，散落旷野，
孩童嬉戏，风筝飘升。
长者捻须，回旋有道，
青春骚动，梦想成真。
坝上烧烤，美酒三杯，
激情满怀，猜拳行令。
夏夜续诗，风情宛然，
群星灿烂，子夜梦深。

万山秋色，层林尽染，
云随风动，渐入佳境。
落叶归根，秋韵静默，
稻穗弯腰，农夫开心。
土家男女，向山放喉，
山歌野调，空谷呼应。
夜深独坐，林泻清辉，
淡看人间，功名消殒。
湖水幽蓝，烟雨浩渺，
闲摇舟楫，波光叠粼。
或有鱼跃，出乎其里，
或有鸭飞，出乎其中。
皓月当空，水天一色，
此乐何极，逍遥销魂。

完美抵达

重庆高速"三环十射三联线"的第十射
发射到城口与开州,耸立起了
129公里咫尺与遥远的缺口
巍巍大巴山,以冷峻的面孔
阻挡了多少两地翻山越岭的热吻和拥抱
如此这般无情的巍峨
让我豪迈的脚步
难以丈量两地逼仄的辽阔
每一次启程,都是一次艰难的抵达

我不就是想从刘伯承故居赵家镇出发
去城口
与独叶草、珙桐、红豆杉叙谈寂寞吗?
为何以重峦叠嶂的高冷
拒绝了我的抵达?
我不就是想与城口悬崖上迎风问雪的崖柏
并立成坚韧的伟岸
俯瞰峡谷深邃的时间吗?
我不就是想携带汉丰湖的画境到城口
成为夕阳斜照山水的一抹风景吗?

然而,大巴山,你却高高在上
摆出料峭的神态
拒绝了我穿过千山万水的重逢

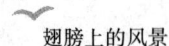
翅膀上的风景

大巴山,你过于无情
在北屏乡,挺起了海拔2420米的海拔
在蓼子乡,举起了海拔2442米的旗杆山
在鸡鸣乡,甩出了海拔2042米的匡家山
在开州与城口之间,你搓雪成球凌空抛下
滚落成了海拔2626米的雪宝山

大巴山,你肆意放出的千山万壑
甚至凌厉的冰山和茫茫雪峰
阻挡了两地握手的归期
从悬崖峭壁上岩缝里凿出的211国道
就像一条踽踽而行的卷体虫
你知道吗?在那深渊之上的爬行里
回荡着多少日月悬心的万丈惊恐

当我飞奔在大重庆高速网络上
从开州到城口
导航上的信号,在悬崖上碰壁
从城口到开州
山路上的轮胎,在山谷里漏风
两地盼望有一条山风通畅的路
盼望一座座雪山上,不再高悬的路
盼望一个个峡谷里,不再遥远的路
于是
高速集团,带着跋山涉水的设计图
来了
筑路大军,驱赶着金戈铁马
来了

1 呼啸的风景 ——诗叙重庆高速公路

在时间的沙盘上，放牧着群峰河流
崇山峻岭里
旋转的11座互通立交
飞过的63座虹桥
穿过的19座隧道
贯通了129公里峰峦叠嶂的奇经八脉
城开两地，彼此瞬间即可完美抵达

翅膀上的风景

任河，你不必任性

任河，不就一条任性的河流吗？
你朝天的豁口，汹涌出秦巴两地的山水
就能阻挡两岸绝壁相握吗？
那推波助澜的山洪，是在嘲笑
无人能跨过山谷，演绎一次完美的抵达吗？
不能啊，不能，你不过就是一条河流而已
一条藏在深山里掀不起大浪的河
能阻挡筑路人的脚步吗？

看，从河心拔地而起
刺破苍穹的空心薄壁墩上
向两侧绝壁伸出的手臂
已被无限拉伸成了直线
面对1264米悬臂挂篮对称延展的臂膀
跌宕的河水里，除了倒映山峰间的飞虹
再怎么任性，也只能
哗哗冲击着那屹立的倒影

从此，再无人搭理你的任性
风，已从大桥上一晃而过
向东向西，完成各自完美的抵达

温泉特大桥,穿过盐茶古道

开州以北的盐茶古道上
在自东向西的温泉里,缭绕着喧嚣的寂寞
锈蚀的车履马辙上
跳跃着的那些嘶哑的千年鸟鸣
依旧在闲聊着远古闹市上的车水马龙
驿道上
荆棘覆盖着荆棘
时间销蚀着时间
坎坷掩藏着坎坷
古道上的温泉镇,不甘古老
期盼着一早醒来,一改朱颜
随风而往,完成一次远方的抵达

我风行万里而来,依然
感觉不到温泉的温柔惬意,但见
山峰——如影随形
道路——狭窄陡峭
河水——奔流湍急
场地——荆棘丛生
酷暑——潮湿闷热
寒冬——冰雪苍茫
在狭长的沟谷驿道上
打桩、浇灌、架梁,人声鼎沸
炮声、机械声、流水声,交响彻谷

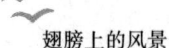
翅膀上的风景

夜深月做灯,汗洒飞雨林
秒针跳过了白昼,季节忘记了轮替

从山峰鸟瞰谷底
294根桩基,撑起665片梁
连绵出的2.6公里,模仿龙的神态
沿东河蜿蜒而去。古道上
云绕山梁,彩练当空
长虹卧波,翩翩入水
拔地而起的温泉特大桥,连接的
岂止城开高速上穿山越岭的风行万里
还有古驿道上,一个时代
完美抵达的加速奔跑

风过澎溪河

在开州,有人叫你澎溪河
也有人叫你小江
无论在长江重庆段,还是在乌江汇口处
你都只是一条支流
怕委屈了自己的名号
你借三峡蓄水之势,铺开了千米水面
还趁闪电雷鸣呼风唤雨的深夜
深潜谷底,设置障碍
意图阻挡我携带开州的惠风
去城口荡漾

我不会水上漂,更没有翅膀
只能飞虹越江
可你又在水岸仰望的崖壁上,悬挂了滚石
在侏罗纪沉积出的砂岩和泥质粉砂岩
果真无法跨越吗?
建设者绝不向山峰借势
更不会向天堑屈服
他们倚重智慧和力量,扛起6500吨钢材
或扎入深水,或悬于水上
凌空飞出一座75跨、1119米长的钢栈桥
借助栈桥的通达,在水中
开辟16个作业面,种下8个主墩
沿着流水的方向

凌空描绘出了1157米的彩虹
虹桥之下的水波上
奔跑着建设者的倒影
尽管你有城开高速四项难度之最
但在建设者的脚下
就是一个时间的缺口
一旦闭合，飞身越过
就快一步实现完美的抵达

我不会与即将到来的雨季，和三峡
噌噌上涨的水位斗气
难道我不会利用枯水期
围堰开挖、浇筑承台吗？
面对深水桩护筒想漏水的阻挡
我不能在护筒渗漏处安装模板吗？
浇筑水下混凝土，形成密不透风的铜墙铁壁
主墩承台，早已经长出水面
再大的洪水来袭
难道还能漫过桥墩浪涌滔天吗？

时间，犹如狂奔的野马，顶着寒暑
向工期目标狂奔
骑在马背上的建设者的汗水
让澎溪河的水位陡增了三分
他们奔忙在"大干九十天"的口号上
倒排工期，以天保周，以周保旬，以旬保月
酷暑里，他们狂喝绿豆汤、藿香正气水
寒冬里，他们身穿单衣
冷热交替感冒发烧，拔掉输液针

1 呼啸的风景 ——诗叙重庆高速公路

到现场去流汗退烧吧
远方的父母妻儿
在视频通话里短暂见面聊天吧
中秋节的月亮啥时候圆的，不知道
天，啥时候黑的，不知道
黎明啥时候破晓的，不知道
他们只知道一年四季都是两头黑
只知道过一次节假日，就是奢侈

当提前8个月完成工期目标时
他们站在澎溪河特大桥上
再也无法抑制憋闷已久的狂喜
朝天大呼，我们又铸造了一道
完美抵达的亮丽风景

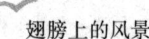
翅膀上的风景

特长隧道有多长

何须问,城口特长隧道有多长
超过11公里的重峦叠嶂
在高速的油门下,只是一个瞬间
但在大巴山的雄伟阻隔里
却无法丈量里程和时间的长度

不信就去看看,1337米的埋深
是高耸入云的漫长
断层破碎带、岩溶富水段
是凌乱无序、浪花奔腾的漫长
软岩大变形
是岩石扭曲时间的漫长
甚至是瓦斯和岩爆,和大山蓄谋潜藏已久
一朝愤怒的漫长

穿越隧道不良地质博物馆里的千奇百怪
他们知道,今后的日子里
必须穿越比漫长还要漫长的漫长

我无法描述漫长里的艰辛
只知道,潜入大巴山腹腔里的建设者
每一秒都是漫长的煎熬

图纸上的设计参数,一旦遭遇

地质的奇形怪状，便黯然失色
那些线条、符号和标注
在打开洞门的那一刻
便要用钻头，甚至是肉搏重新修正
超前地质预报，告诉了前方的未知
一声炮响后，漆黑的掌子面上
显露的依然是咫尺漆黑的远方
16次穿过涌水突泥和14个大小溶洞
如果说这就是《西游记》里的水帘洞
为何如此汹涌和狰狞？
面对8次穿越煤层和瓦斯地带
那不见踪影的气体
一个急不可耐的火药桶
要膨胀、要燃烧、要爆炸
他们不敢大声说话
甚至不敢伸手摩擦岩石
唯恐一次呼吸的震动
一次无意的碰撞
就会招来山崩地裂
没关系，与其漫长地等待
不如缓慢快速地前行
他们呼吸着瓦斯的呼吸
蹑手蹑脚，伸出手指往前抠
一丝一毫，都是漫长快速的挺进

支离破碎、摇摇欲坠的山体
休要猖狂
瓦斯气体要袭击吗？
超强通风，进洞了

洞中瀑布要倾泻吗?
全封闭防水布,进洞了
格栅钢架强行支护、湿喷机
进洞了
超前地质钻机、拱喷台车
进洞了
湿喷机械手、液压仰拱栈桥
进洞了
边墙要破碎吗?掌子面要坍塌吗?
小导管注浆,甚至二衬砌台车
也进洞了
计算机、管理软件、网络和视频监控
自动检测设备信息化工具
通通进洞了
每一个循环的推进,都是洞穿黑夜的擦亮

步行在宫殿一般闪亮光滑的隧道里
目光是椭圆的
光明是椭圆的
方向是椭圆的
往返城开两地的完美抵达
不再漫长的瞬间,也是椭圆的

携带一缕光束穿过尖东山

你从沱溪河岸边开门，一声炮响
炸开一缕光的缝隙
撑开了4699米的空洞曲线
抵达覃家河，向陕西敞开一道明媚之门
一路上，撇下瓦斯、断层、岩溶和涌水突泥
在黑光里的张牙舞爪，和一小时2000立方米的波涛
向前肆意奔涌
自带光束的建设者，在1400多米的埋深里
亮出智慧的钻头，指向尖东山

弯曲的延伸里，七条断层破碎带
试图密谋发起山体连环暴动
甚至还有洞口的偏压、拱顶的塌腔
都在蠢蠢欲动。难道你要彻底封堵
城开两地的通达之门吗？
或者，要测试建设者逢山凿路的意志吗？
尖东山，你想错了
当地质雷达、瞬变电磁法
超前地质钻孔与多臂凿岩台车、湿喷机
数控钢筋弯曲机和钢筋网片焊接机
一套组合拳向你打来的时候
你摆出的那些地质灾害
都在视频监控系统里显露无遗

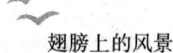

尖东山,你有不规律的千变万化
我有直达目标的万变不离其宗
开掘光明的武器库里,有的是撒手锏
你纵有通天的高难,又能奈我何
大不了让闪电暴雨和寒风冰雪
再洗礼一次
大不了让技术主管胡其敏
顶着高温再苍老十岁
大不了让迁徙在外的建设者
蹲在掌子面上吃年夜饭
再大不了,让经不起塌方惊吓的爱情远去
没啥了不起,真的没啥了不起
只管伸出愤怒的钻头,刺向岩石
只管忘却分居之痛,把激情宣泄在进度里
把扛起一个家的肩膀伸出去,扛起一座山
尖东山,就是一次流汗不流泪的穿越
闯过去,就是两地完美的抵达
山的那边,有的是玫瑰与芳草

我站在旗杆山下仰望

我站在旗杆山悬崖上的隧道口,仰望
不仰望蓝天,也不仰望星辰
渴望仰望到,一面山风卷起的红旗
走进隧道那一刻,我看见那面
抗美援朝战场上累累弹痕的战旗
正高高飘扬在中国铁建人的心里
"逢山凿路,遇水架桥,
铁道兵面前无险阻"的美誉
在200多个回头弯盘旋的悬崖上
若隐若现,若远若近
今天,我不诉说铁道兵的光荣史
只想陈述,他们穿越旗杆山的点点滴滴

旗杆山,是一面旗撑起了一座山
还是一座山飘扬了一面旗?
都不是
而是铁建儿郎擎起一面鲜血浸染过的战旗
向7660米坚硬而深邃的岩体里冲锋
他们扛着看不见的旗子,分别从进出口出发
在大山腹心最后一声炮响后的掌子面上会合

他们哼着《铁道兵战士志在四方》的旋律
向岩体1300米的埋深里豪迈挺进
隧道不良地质博物馆,向他们

陈列出了无数地质病变的活标本

断层，一层接一层断裂

瓦斯，一圈接一圈环绕

岩溶，伴装喀斯特悬挂出坍塌的恐惧

暗河，以静水深流的温柔掩藏着骇浪

岩爆，伺机弹射出膨胀已久的乱石飞旋

涌水突泥，试图冲破坚石喘息的缝隙

还与岩爆沆瀣一气，意欲颠覆

高山海拔的高地应力

每一个潜藏的地质灾害，都是

横亘在通达路上的据点

进，寸步难行

退，退无可退

建设、设计、监理、成都理工大学

四方专家聚首旗杆山

亮出金刚钻，勇揽瓷器活

工欲善其事，必先利其器

机械化减人，自动化换人

超前地质预报、超前地质钻孔，上

地质雷达、瞬变电磁、三维探测，也上

一切隧道监测预警信息化系统，通通上

液压仰拱栈桥、水沟电缆槽台车，上

湿喷机械手、二衬模板台车，上

意大利地质钻机、自进式超前管棚，上

防水板安装台车、隧道多臂凿岩台车，上

全断面帷幕注浆堵水，也上

所有匹配的机械设备，纷纷交替上场

蜀道难，再难也要上青天

1 呼啸的风景 ——诗叙重庆高速公路

十个月，开山劈岭，绕过回头弯
一条悬挂山崖的施工便道，直通隧道口
打开洞门，钻头所向
灰岩、页岩、粉砂岩、白云岩，灰飞烟灭
一个月80米到141米，再到272米
一路凯歌高奏

面对众多的地质灾害
进度如此之快，"事出反常必有妖"
果然，一场大体量的突泥灾害，突然而至
刚刚装好的350公斤炸药、230粒雷管被掩埋
一场掩藏在狭小空间淤泥里的剧烈"地震"
稍有扰动，就会天崩地裂
前辈，在朝鲜战场的炮火中抢修铁路
鲜红的军旗从未倒下
接过战旗的铁建人，能倒下吗？
他们要舍身排雷
抢救方案，一次又一次制订，又一个接一个推翻
精细再精细，优化再优化，谨慎再谨慎
项目经理朱宝权，带领20名"敢死队"队员走进雷场
在狭小的空间里屏住呼吸
手指不敢颤抖，眼神不能飘移
一粒、两粒、三粒……230粒雷管
一秒、一分、一小时……12小时
热汗、冷汗、冷热交替，滴落在淤泥上
时间静止了流动，惊魂已经宁静
当朱宝权血肉模糊的手掌上亮出最后一粒雷管时
所有人忘记了欢呼

翅膀上的风景

而是坐在了淤泥里擦泪
无声的欢呼
胜过一切鲜花和掌声的喝彩

人们无法忘记
头顶龇牙咧嘴岩石的开挖班组
寒冰刺骨的涌水中
撑起钢拱架的支护班组
穿着水叉裤，蹲在没入胸口的冰冷水中
撑起钢模板的衬砌班组
他们没有光鲜亮丽的服饰
也没有炫耀于世的财富和时尚的标签
他们只有一双开满茧花的手
难道仅仅为了聊以养家糊口的几两碎银
就要舍身迎接岩爆、塌方、涌水突泥和有毒气体？
恐怕只有已经贯通的旗杆山隧道才能回答

当我再次站在隧道口向上仰望时
好像看到山顶上，有一面
中国铁建标志的旗帜
一会儿向城口，一会儿向开州
在完美的抵达里，迎风飘扬

青春闪耀大巴山

如果你的青春晦暗，请远离大巴山
这里的阳光，晒不透你的萎靡
如果你的青春斑斓，请与群山相伴
这里的陡峭，需要你的万丈激情
晦暗的，带着廉价享乐的恐惧
走了
斑斓的，挺立着大巴山的伟岸
来了
他们从完工的通天大道呼啸里来
来到巴山夜雨涨秋池的风雨里
来到激情穿越大巴山的崇山峻岭里
在大重庆县与县之间高速网"最后一公里"的缺口上
让青春的光芒，照亮
比黑夜更黑的悬崖峭壁
让青春的热能融化千丈雪、百丈冰
挺起青春的钻头，穿过大巴山
让速度与光明，穿过
比时间更长久的岩石黑夜
他们，就是咬定青山不放松的巨能中环年轻人

2020年4月29日，沉寂了千万年的大巴山
随着一声开山炮的炸响被唤醒
全国一类革命老区的城口县城
也在炮声中获得重生

翅膀上的风景

尽管刚刚摘下国家贫困县的帽子
但城乡道路，依然蜿蜒坎坷
老旧的公路两旁，垮塌的岩石
阻碍了时间的畅通
山窝里的城口人
山的这边，河岸相望
山的那边，大雪封堵
悬崖缝隙里蜿蜒而过的车辆
犹如峡谷上空打不开翅膀的一只鸟儿
回头弯上，寒冬埋下了暗冰
即使轻点刹车，也可能坠入万丈深渊
时间苦城口久矣

几辈人都在问，天堑何日变通途
重庆高速人——巨能中环年轻的建设者来了
他们怀揣使命，携带青春的光芒
为穿越大巴山的完美抵达而来

他们携带青春激情，站在
北屏乡2429米山峰上，瞭望苍茫云海
但见朝霞绚丽，晚霞磅礴
苍山云海里的山峰
犹如蓝天下放牧的羊群
在山下推窗而望，峰峦间裂开一条云缝
山涧溪流与百鸟唱和
悬崖上垂挂的藤蔓，摇曳着野风
斜漏在山谷里的月色
照耀着夜鹰的啼鸣
狼嚎撞击崖壁的回声，在山野里回荡

原生态的壮美，点燃了年轻人的狂喜
他们贪婪地呼吸着溪流清洗过的空气
在百鸟演奏的山野交响曲里，安营扎寨
然而，这大自然的壮美下
却隐藏着原始的狰狞

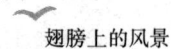
翅膀上的风景

大巴山的先行官

一场令他们始料不及的大雪,铺天盖地
千里冰封、万里雪飘的天空
笼罩着大巴山每一个毛孔
屋檐上,水管上,树枝上
挂满了冰凌
在阳光下闪烁着刺骨的剑光
雪花在冷光里瑟瑟发抖
两床被子,焐不热
每一秒都漫长而冰冷的长夜
刚刚分来的三名大学生
迈开刚刚有些冷意的双腿
便抽身离去
年轻的巨能中环"老人"
做了"冰窟窿"里的坚守者
他们既是部门负责人,又是员工
顶起"光杆司令"的头衔
用激情融化酷寒

施工决战,测量工是先锋官
26岁的荀凯鸿和同事们扛着仪器
在陡峭的大山里
攀缘比大山更为陡峭的寒冬
手抓灌木、荆棘
脚登岩缝、积雪和冰层

1 呼啸的风景 ——诗叙重庆高速公路

跌倒了，爬起来，继续攀爬
跌入冰河砸穿冰盖，起身抖抖冰碴
手脚上的血口子，交叉着殷红
血红的冰痕，犹如作战图上的箭头
箭头所指，就是隐藏在
山野雪地里的一个个"堡垒"
他们肩扛仪器，向目标攻击前行

天亮负重上山，信心满满
天黑负重下山，喜笑颜开
饿了吗？有自带的干粮
渴了吗？冰层下有山泉
没时间抱怨
只有雪野里隐藏的目标
说不出豪言
只有穿山越岭的激情
还有高山峡谷的跌宕
都必须匍匐在青春的脚下
5个月，在跨越冬春两季的群山里
他们爬完了附近所有的山
蹚完了附近所有的溪流
12万平方米的地形测绘
2000多个红线桩和关键结构物特征点
一平方米，一滴汗
一个点，万步遥
一张决战大巴山的路线图
悬挂在墙上
也悬挂在青春闪烁的群山里

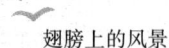

翅膀上的风景

山洪袭来,我们上

2021年8月28日,大巴山上空翻滚的乌云
催促气象台发布的一条暴雨蓝色预警信号
敲打着项目部每一名员工
巡查组,23条好汉
24小时轮番对天察言观色
交替巡查河流是否激动
所有的风向标,都是警报

凌晨时分,忽然,闪电撕裂天空
天河之水倾泻而下
连根拔起的灌木,裹挟着渣石
向项目施工区域蜂拥而来,刹那间
提前疏通的排水系统被堵塞
完工的边坡和临建设施被围困
"让我们上!"
说时迟,那时快
杨国穿、高兴、段守聪冲入雨中
汪科、孙喻紧随其后,一群年轻人
以比闪电更快的身影,闪入雨林
承受着千万条自天而下的雨鞭抽打

挖掘机一人一台
向前,向后,向左,向右

1 呼啸的风景 ——诗叙重庆高速公路

呼喊声，或高，或低，闯过激流
向一切堵塞洪水的障碍物奔去
倾盆大雨，掩不住
机械的轰鸣和暴雨的吼叫
当时间指向凌晨1点21分
洪水驯服地沿河道奔流而去
疲惫的他们，靠在挖掘机冰冷的履带上
大口大口地喘着青春的气息

或许，这青春的火焰
平息了发怒的天空
雨，渐渐停息了

然而，没等他们进入梦乡
凌晨2点50分，狂风暴雨再度发飙
以排山倒海之势推拥着山洪
向村庄奔去
"不好！村民危险！"
年轻人全部行动起来，顶着逆风暴雨
也向村庄奔去
闪电，收割不了雨林
雷鸣，震慑不住山洪
更阻挡不了迸发的青春激情
他们顶着雷雨，伸出青春的臂膀
搀的搀，扶的扶，背的背，扛的扛
一切都安然无恙
77岁的村民李德强说
洪水之凶猛从未见过

这样舍身抢险救人的年轻人
也没见过
当年的"红军",又回来了

是啊,他们是重庆高速巨能中环的年轻人
是红色基因鼓动着青春血脉的中环人

青春在石头上闪光

大巴山隧道的石头,是坚硬的
板岩、灰岩、白云岩。远离石头的我
分不清石头的级别,只知道
无论是岩溶水和风化、构造裂隙水
还是断层破碎带和撕裂的大峡谷
一旦他们与大巴山站在一起
脊梁将比石头更坚硬
它们在时间里耸立起大巴山的伟岸
而要穿越征服它们的,是更为挺拔的青春
他们伸出激情四射的手指,把岩石钻出粉末
开山炮,犹如青春的呐喊,他们只需
轻轻捻动指尖,便斜漏出光明
进度图上,涨满血色的青春箭头
越过了大巴山的海拔

隧道里的呼吸,是黑色的
掌子面上的石头和奔流咆哮的涌水
也在和他们争夺氧气
石头、硝烟的气味,水流和汗水的气味
在狭窄的呼吸里
撑开他们辽阔的胸腔
年轻的肺叶,扇动着强劲的风
他们要以风的速度,穿过岩石

破碎带——大山千万年的沉疴
钻头和说话的震动,都将带来塌方的倾泻
他们挺起青春的脊背
扛起钢拱架,撑住破碎的山体
承受了一座山的重压
他们的方向只有一个
完美抵达光明的出口

2 平行线上的风景
——诗叙重庆铁路集团

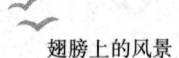
翅膀上的风景

蓝图上呼啸而出的平行线

"一带一路"和长江经济带
交替奔放的西部战略支点上
一座西部地标的国际大都市——重庆
你我的栖身之地
在巴山渝水的阻隔里,迫切向往
一条条呼啸而出的钢铁通道
飞出两江的重峦叠嶂

南来北往的人流物流资金流
填满了两江奔流之水
两江与世界的进出往返
在迫切地呼唤——
更加快捷的内部互联互通网络
更多更快的对外高速铁路通道
连接起铁路与公路、水运与航空
产业园区和物流园区。千呼万唤
全国综合性铁路枢纽之一的重庆高铁旋风
已从全国中长期铁路网规划蓝图上铿锵而来
重庆枢纽中心5805公里铿亮的平行线
携带巴山渝水
向2030年的全国和世界每一扇窗口奔去

放眼向内，彼此点缀成景

飞升入云，鸟瞰两江
"两环十干线多联线""三主两辅"
连接起的重庆主城枢纽铁路干线大通道
时速160公里的脚步，已经
穿过2020年2600公里的山山水水
在前呼后拥的立体交叉上
15条普速平行线，跨过
县县通铁"最后一公里"，满载巴渝盛景
向四面八方呼啸而去

平行线上，虽然我们不能永远相交
但却彼此相守永恒
点缀彼此的风景
消解彼此的渴望
山水同行，彼此为景
孤独寂寞，相遇成欢

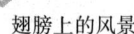

翅膀上的风景

我们在安张铁路上邂逅

你携带安康长江支流汉江上的渔歌
向522公里外的张家界奔去
在城口稍做停留时,我与你
在中国生态气候明珠城口邂逅
结伴越过重庆215公里的瞬间
你唱汉江渔歌,我涌长江碧波
秦巴两地邂逅的平行线
射向西北至中部,直奔东南沿海

穿过广涪铁路,货行天下

120公里的平行线段
在广安与涪陵之间
跨过千山万水,平卧的是一个
平衡的等号,还是两条
彼此挑起发展的破折号

在坚硬而铿亮的呼啸里
连接长江黄金水道
满载货物的"渝新欧"结网渝柳铁路
南向与北向
都是彼此的方向
铁路公路与水路
都是彼此的出路
涪陵港与果园港
都是巴蜀货行天下
彼此护佑风险的避风港

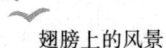

翅膀上的风景

放眼向外,乘坐旋风铿锵飞出两江

东西南北的闪电之风,穿过
钢铁铺就的八方"米"字形高速
以铿锵的完美节奏
奔驰往返两江之外
普速列车两小时
飞向11个区县
高速旋风一小时,飞向成都、贵阳
三小时,抵达西安、武汉、长沙、昆明和兰州
平行线上闪亮的钢铁旋风
将越过两江浩渺
向千里之外咫尺而遥远的任意终点
肆意飞翔

问旋风,我能穿过平行线
飞往北京、上海和广州吗?
旋风扇动翅膀告诉我
能,到2030年,只要你愿意
只需6小时的风驰电掣
就能从铺满两江山水的"米"字形上
抵达你想抵达的任意遥远

行走在遥远的路上

这一刻，我伫立在
岁尾的巅峰遥望，遥望
山城某个山坳里，家的焦急
盘点一年的忙碌，自豪和惭愧
伴随大山深处的阳光
穿透了心房孱弱而坚硬的窗门
面对咫尺的家门
我只能行走在遥远的路上

在重峦叠嶂的巴山渝水
我已抠出一片光明
手指削去老茧的方向
隐约传来的汽笛
滑过我用风枪签下的穿山承诺
此刻，我必须回到掌子面
引爆新年的开门炮
硝烟和泥水
红眼的进度和塌方的威胁
无法携带走进新年的家门
面对咫尺的家门
我只能行走在遥远的路上

那站立不稳的岩石日复一日撒开脚丫
意欲填满凿开与家人团聚的每一个日子

翅膀上的风景

坍塌与反坍塌的拉锯战
把思念的长夜锯碎成末
软骨的岩体以猛烈的方式
奔向每一个掘开的瞬间
意图蹂躏我穿越大山的意志
时间与空间的纠缠，在我手里撕咬
工字钢，格栅钢架和楔进
岩石的锚杆，管棚注浆
撑起摇摇欲坠的山体
此刻，我与破碎的岩石一起站立成山
我无法携带柔软的顽固走进新年
面对咫尺的家门
我只能行走在遥远的路上

我知道，我还要向挖掘
向掌子面的坚硬彰显我的坚硬
迈出的脚步能否收回来
我不知道
呼出去的气能否吸回来
我也不知道
吃完早餐午餐在哪里
我依然不知道
但我知道没有路的路
总有人要先走一步
面对遥远的家
我依然只能继续行走在
遥远的路上

一夜梦飞,肩扛五月走天涯

五月,刚刚与四月擦肩而过
就聚集在山坡的帐篷口
采摘拥向隧道口的白玫瑰
一群肩扛五月的人
踩灭了阳光炙手的温度
在无砟轨道上,摁下一枚茧花盛开的指纹
他们要给复兴号
撑开光速飞跃天涯的翅膀

走进大山腹部,黑暗无法拒绝阳光
回眸两江那一瞬间
脊背上汗水的光芒与复兴号同轨飞行
装满粉尘的光束,搭乘五月的速度
在掌子面飞翔。岩石的呻吟
难以缓解山体千万年挤压的疼痛
我行我素的钻头,犹如我倔强的头颅
穿刺比岩石更加坚硬的漆黑
读秒的快感无限拉长了隧道的呼啸

进口与出口
难以疏通筑路人的呼吸
一声炮响,地动山摇人不摇
硝烟的味道,攥紧九曲回肠
将体内体外油漆一遍

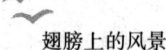
翅膀上的风景

山峦一般隆起的胸肌
憋怒了洞穿长夜的箭镞
畅通告诉我说
穿越是现代流行的时尚
当脚步飞出两江山水那一刻
自信的旋风
在渴望的瞳孔里一再加速

走出隧道
月亮正悬挂在山顶树梢小憩
五月的白玫瑰溜进帐篷
喃喃的梦呓
凭借鼾声向远方的爱人报捷
拨云而出的月光在五月行走的洞中
雀跃会合
一夜梦飞,肩扛五月走天涯

2 平行线上的风景 ——诗叙重庆铁路集团

站在红岩旧址上,一夜无眠

站在红岩旧址的夜晚,一夜无眠
遥望夜空里起伏的山脉
一如我隆起的胸肌
不见一粒星光醒来
只有工棚和隧道口跌落在江水里的灯光
在撞击我的心房

我按住风枪般跳动的心
岩石解体的节奏,铿锵着的寂静
要和我一起等待
和我的兄弟们一起等待
掌子面传来的最后一排炮声
犹如等待产房
儿子降生的第一声啼哭

这眯眼的时刻
在长夜的秒针上甜蜜得晕头转向
可曾经的苦难又让我眉头不展
如果让我行走7公里
一小时出头便可到达
可走过6699米的新红岩隧道
一千多双如飞的健步
却穿越了一千多个日日夜夜

隧道从8米以下穿过沙坪坝、菜园坝火车站
穿过车水马龙、高楼林立的主城繁华
上穿距离地铁车站5米
下穿地铁隧道3米
不要说爆破
就是大声咳嗽就可能震塌岩石
为了一小时成渝经济圈瞬间而至
我们按住精确的参数
在薄如蝉翼的岩石上跳舞
在能见度不到一米的隧道里
我看不到兄弟的眼睛
粉尘、硝烟和水雾凝结的日子
吸入的是塌方狰狞的恐惧
吐出的是指尖抠出的光明
小导管、锁脚锚管、钢拱架和我的骨架
兄弟们手挽手撑起山体的平衡
一寸光明一寸血,一寸进尺一寸胆
洞内挥手劈魔,洞外春暖花开
时间在压缩的坍塌里
被挤压成无数个不眠之夜

那一夜,我和兄弟们在一起
拥抱了那个炮响贯通的时刻
亲吻了那个红岩旧址下通达的黎明

3 中国名片
——诗叙重庆陆海新通道

翅膀上的风景

风景这边独好

登上中国西部腹地凸起的海拔
迈步陆海新通道，瞭望世界
勇闯天下的重庆人，登高南山
俯瞰江城秀美，攀登缙云
瞭望江河宛转
左手挽长江
激情万里奔大海
右手挽嘉陵
滔滔清流喜朝天
两江联袂，一江春水向东流
水墨画里的大重庆
一浪接一浪
穿过陆海新通道
向西部奔去
向大海浩荡

大漠戈壁，高山峡谷
陆海新通道
北接陆上丝绸之路
南连海上丝绸之路
长江经济带，携带古今中外
一气呵成
从主通道、重要枢纽、核心覆盖区
辐射而出的四个维度

辽阔而宏大的棋局上
每一个交点
都是夺目的天元
每一个港口
都是耀眼的星位
破局而出的视野
贯通南北

2016年,重庆与广西携手
开启了陆海新通道序幕
内陆与港口
串起西部与世界
长江经济带上
开始布局重庆与世界
从曾经遥遥无期的漫长
到眼下指日可待的彼岸
从曾经的闭关锁国
到如今的联通世界
都在一条有形无形的路上无缝对接
不信请看
高屋建瓴的顶层设计
向世界导向出
一个国度的万紫千红

在眨眼变沧海的时空里
陆海新通道运营有限公司
从最初的渝桂新
到南向通道
蜕变而出的陆海新通道上

翅膀上的风景

重庆为引领西部
呼啸奔驰的500多个货物品类
穿过全球六大洲，在264个港口
演绎了一部磅礴的商业大剧
西南、西北主通道上，奔驰着
一幅辽阔的西部风景
一张崭新的中国名片
在蓝色星球上尽显华夏风华

站在数字凸起的海拔上
视野的沧海里
天下驿站，星罗棋布
浩瀚辽阔的通道上，铁马奔腾
在重庆，在西部
携带中国名片
只有你不想去的孤岛
没有抵达不了的港口

亮出中国名片，向东出发
劈波长江
重庆与宁波
铁路与海运
火车与巨轮
汽笛隔空呼应
车载山呼海啸，通江达海

亮出中国名片，向南出发
金戈铁马，借港出海
一条国际陆海贸易新通道，向

北部湾海港和南宁鱼贯而出
在纵横南北的大动脉上
四条跨境公路,一条铁海联运线
在重庆港口交会,鸣笛示意
肆意飞过2400公里
重庆与出海口,一气贯通

亮出中国名片,向西出发
钢铁驼队铿锵万里
中欧班列自东而来
直达中亚,挺进欧洲
一路花海芬芳,蝶飞凤舞
一路稻花吐蕊,麦浪欢滚
贸易通道上,繁华携手繁华
从万里咫尺的遥远
越过阳光填平的沟壑
抵达遥远咫尺里的异国他乡

无论水港口,还是旱码头
火车、重卡、巨轮
在两江空域一起向春天鸣笛
陆海新通道上的交响
穿越渝黔崇山峻岭
掠过梵净山的晨钟暮鼓
从露天博物馆千户苗寨满载银器
把一部苗族史诗
印染在黄果树瀑布上
别上一枚平坝樱花和毕节杜鹃
穿过磅礴数千里的喀斯特峰林

翅膀上的风景

驶进南宁
转载钦州港出海,辐射全球
给东盟近邻和远邦友人
端出一盆两江的麻辣生鲜
重庆人的耿直味道
在舌尖上火烧火燎

在重庆,你不要问路通不通
只管说要去哪里
搭乘火车,还是重卡
走水路,还是旱路
我们有跨境公路班列
还有国际铁路联运
只要递出中国名片
所有的道路,都畅通无阻
所有的风景,唯有这边独好
所有的希望,皆能完美抵达

在路上

重庆——你叫她"陪都""桥都"也好
你称她"山城""雾都""火锅之城"也罢
都是一座有着众多美誉的魅力之城
一座充满无限想象力
诗意辽阔的山水之城
一座码头林立
两江环绕的滨江之城

因地处西部腹地,江河纵横、千山阻隔
而远离边境港口
曾经的桐油和猪鬃外运碾压江水的木船
仿佛就在眼前,摇晃着
那个风雨飘摇的年代
不信你听
那些赤脚嵌入江岸岩石的号子声
还在两岸悬崖间回荡
那些深陷双肩油亮的纤绳
还在江雾里呻吟打战
那些汗水卷起的汹涌波涛
还在翻滚着脊背上结霜的苦咸
那些一生低头弯腰拉纤的喘息
至今还抽搐着一张张皱纹交错的面容

走不出的地理困局

祖祖辈辈都在喊疼的岁月
犹如一道看不见的玻璃墙
崇山峻岭的出路在哪里？
时间漆黑的出口在哪里？
甚至在对外开放的舞台上
也发声微弱，甚至缺席
西辕东辙到欧洲
两万多公里的天涯之路
豆腐运出了牛肉价
重庆出海，西部出海
呼唤一条新通道

鲁迅说："世界上本没有路
走的人多了，也便成了路。"
而我们的中国之路
西部之路，重庆之路
通向未来的光明之路，就在
千万双手的老茧上跌宕起伏

路在地上，也在海上和天上
中国伸出的温暖手臂，从一个国度
环视世界的气场里伸出的手臂
与数千里外伸过来的手，紧紧相握
蘸满长江浪头的波浪和国际港口的海水
在中国与新加坡战略互联互通合作协议上
签下了跨海相通的千里呼啸
东南西北的通道上
亘古紧缩的眉头
绽放出了蓝色的浪花

万千支钢铁驼队从重庆出发
浩浩荡荡,风声万里
胸襟里奔放而出的通天大道
铺向万邦

在贯穿古今中外的路上
并非没有坎坷
交通是否便捷
物流是否高效
贸易是否便利
产业是否繁荣
机制是否科学
战力是否强悍
现代化经济体系支撑是否坚固
我们用智慧
填满地理和利益上的沟壑
我们用握手
搭起跨越云山雾海的桥梁
我们用协作
凝聚调动山呼海啸的力量
我们用沟通
跨越地域和国情上的差异
国际经贸蓝图上的路
尽在万里山河上,纵横交错

站在东方版图上
推开西部之窗吧
向世界亮出中国名片
陆海统筹、双向互济

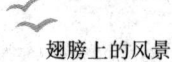

联程联运、共商共建共享
一场诵读世界通达的宏大叙事
已经波澜起伏
你听,向海洋出征的咚咚战鼓
已经擂响
所有遥远的岔路口
都插上了方块字的路标

内外瞭望，条条道路通罗马

伫立朝天门码头，落目西部
我的睫毛，眨过"最后一公里"
铁海和多式联运已经畅通无阻
重庆经贵阳、南宁
到北部湾出海口
重庆经怀化、柳州
到北部湾出海口
成都经泸州、百色
到北部湾出海口
三条汇聚而成的主通道上
和谐号、复兴号，风驰雷电，穿过大漠风
巨轮，乘风破浪，卷起千重浪
水陆两栖的门户上
乡村山野与中心城市，一网通天下
重庆与西部，西部与世界
遥相呼应的天下格局，把
天涯若比邻的千古意境
滚滚铁流乘风万顷的碧波
诗化成了货行天下的锦绣前程

攀上穿越云空的汽笛
我们有放眼天下的眼光
在水陆丝绸之路上
中国与中南半岛
中国与印缅

翅膀上的风景

中国与老挝
中国与中亚
中国与越南
澜沧江与湄公河
中国与新亚欧大陆桥
中国与西亚国际经济走廊
一路呼啸通港口

畅通一条路
延伸一条线
铺设一张网
重庆出发的陆海新通道
已经把西部乃至中国和世界
连接在一起
千山万水惠风吹，我们都是追梦人

在重庆内陆国际物流分拨中心
满载不同肤色、不同语言的巨无霸
交会在一条条跨境的水路、旱路上
重庆伸出的触角，已经辐射全球
翻山越岭、劈波斩浪的重卡、巨轮
万里征程的每一个脚印里
都装满了路行万里的呼啸风景

草木漫洒，春山可望
一切未来皆可期
让我们鼓满风帆，拉响汽笛
手举中国名片
拍拍鼓胀的行囊，出港吧

重庆的朋友圈

中国的朋友圈,在世界
重庆的朋友圈,在中国

2017年8月
我们在朝天门两江潮上
站立成海纳百川的江海气场
翘望朋友们从四面八方的到来

来了,来了
广西的朋友
带来了钦州港的海风
甘肃的朋友
带来了飞天的飘逸和马铃薯
我们一起向南注目
四省区首次握手
在框架协议南向通道的路标上签字
我们手挽手,向南出海吧

青海的朋友来了
带来了盐湖的蓝色滋味
新疆的朋友来了
带来了雪莲的洁白
我们共同签下了遥远的心愿

2018年11月
新加坡的朋友也来了
中新两国正式签署备忘录
南向通道正式更名为"陆海新通道"
战略性互联互通示范项目正式落户重庆

2019年5月和7月
云南的朋友来了
带来了古滇国普洱的醇香
宁夏的朋友来了
带来了阳气十足的红枸杞
陕西的朋友来了
带来了兵马俑彪悍的雄风
我们的好邻居
四川的朋友也来了
带来了峨眉金顶瞭望苍山云海的日出
内蒙古的朋友来了
带来了奶酪和盛满马奶酒的皮囊
西藏的朋友来了
带来了布达拉宫转经筒上的吉祥
海南的朋友来了
带来了天涯海角的椰风
广东的朋友来了
带来了蓝色海浪的梦幻

朋友们,请在
陆海新通道上的驿站里,坐下吧
我们举起两江水,干杯吧
道路建设,商务谈判

港口规划，共享平台
都是我们纵横商海的共同话题
让我们一起摁下
西部陆海新通道建设的"快进键"
竖起大拇指，集体向北，在
《西部陆海新通道总体规划》蓝图上点赞
让我们在省部际联席会议制度上
坐下来吧
在西部大开发新格局的风向标上
坐下来吧
在十三加一的朋友圈里
统一品牌
统一规则
统一运作
一起签下通道上的车水马龙

朋友们
重庆有你们，不寂寞
你们有重庆，不孤单
我们有中国，就有了自信
我们有开放包容的两江水
我们是热情奔放的重庆人
我们都是推开陆海新通道大门的合伙人
从此，我们手挽手，量肝胆
东西同向，南北同风

翅膀上的风景

我们与世界的距离

地处西部内陆的重庆,交通物流
曾经是对外开放的一大痛点
走江海联运长江水道到上海
从东南亚出海,我们在与世界兜圈子
时间在浪花的循环里晕眩
老茧在物流成本上,堆积如山
我们渴望一条向南通江达海的通天之路

我们与世界的距离
有天涯咫尺的阻隔
也有沧海阻碍的江湖之远
眼前的山川河流
阻挡了我们出海通关的脚步
瞭望山那边的世界,海那边的风物
因为我们的缺失而寂寞
我们不知道
欧亚大陆的时尚和非洲的原始风情
我们不能互通有无
也不能促膝交谈传递温暖
彼此因相隔一棵草木、一缕空气、一滴海水
而陌生
寂寞的长江,一江春水流到冬
一切尽在咫尺的遥远里
翘首盼望

而今天
世界上的每一个港口,都是
家门口的驿站,任我信马由缰
与世界的距离
正在无限靠近
请迈开你的脚步丈量吧
重庆驶往北部湾出海口
与重庆经广州出海口相比
一千多公里的遥远,已经近在咫尺

中欧班列渝新欧满载的集装箱
从团结村铁路中心站鸣笛出发
时间展开翅膀,掠过一阵风
抵达荷兰鹿特丹,比海运
减少了24天的寂寞
时间发酵的泡沫
压缩成了一朵浪花
满载汽车零配件的专列
奔驰在陆海新通道上,出口印度
两天陆路抵达广西钦州港,转海运
便可提前20天抵达新德里,欣赏肚皮舞
亚热带的季风,比海运
提前一个月吹拂在玛利亚广场
贵州的轮胎、磷肥、老干妈和茶叶
搭乘陆海新通道出海,压缩了12小时
重庆向南,经贵州抵达北部湾口岸,通达
新加坡和东盟主要物流节点
比经东部港口出海

翅膀上的风景

秒针可停息十天的晕眩
物流天下，就在弹指间

互联网信息平台，物流堪比光速
我们与世界的距离
尽在一键通的点击里抵达
大数据的支撑
加速了道路的畅通便捷
广西北港大数据、贵州冷链流通系统
甘肃兰州铁路口岸信息化平台
新疆乌鲁木齐陆港智能场站平台
我们只需一边喝茶，一边轻轻移动鼠标
穿梭在重庆两江上空的数据便可自动跳出
实现网上统一订舱、统一结算
一个眼神的闪烁，便可实现一点接入
加拿大的进口车，越南的电子产品
柬埔寨的大米，马来西亚的葵花籽油
果中称王的越南火龙果
羊脂玉修饰过的泰国龙眼
天下万物穿过国门
我把世界送到你的家门口
你想要的一切，皆可招手即来

手握中国名片，打开西部之窗
世界的风景
在陆海新通道上一览无余
我们只需乘风而出
菲律宾山野和市区风行的重庆庆铃轻卡
能准确计算出长江水滴的重庆造电脑笔记本

温润如玉的建筑陶瓷

煽动激情的重庆火锅底料

发酵300多年的永川豆豉

挤爆磁器口街道的陈麻花

三天不吃心发慌的东溪豆腐乳

搅翻味蕾的綦江"饭遭殃"

重庆港口的300多个品种

一阵风吹过,便可飞跃到180多个国家

世界想要买卖的一切

从"引进来",到"走出去"

从"买全球",到"卖全球"

无论是南出海,还是西出关

我们与世界的距离

就在眨眼间便可抵达

翅膀上的风景

川渝，渝川，我们是兄弟

四川，重庆，我们山水相连
我们一母所生
在巴蜀同根同源的族谱上
我们是至亲近邻
自古成渝是一家
一家不说两家话
川渝经济圈，圈住的
是湖广填四川的亲兄弟

成渝高铁邻座上，我们用
相同的口音和方言拉家常
我家屋檐上的喜鹊
和你家院子里的燕子
操相同的土话相互拱手贺喜
朝天门码头上的言子儿
在宽窄巷子摆成了龙门阵
川渝交界处的八仙桌上
长江和都江堰酿出的高粱酒
灌醉了祖宗十八辈的交情

你袖一缕青城山的竹林风
在临江门茶楼坐下
摘一朵嘉陵江浪花
戴在你的胸前

坐下来吧,我们一起签署协议
我们在陆海新通道的同一条船上
一左一右,同心划桨

我们有很多事需要同心联手
沿线分工明确的城市群要崛起
交通一体化、产业、商贸
都要握手商谈
空间布局要优化,规模经济
要实现一加一大于二
两地城市群,由国家级
向世界级跨越
这是我们巴蜀兄弟点头签认的共识

你们早已看到,重庆与新加坡
搭建起了互联互通枢纽,也看清了
重庆、成都、西安国际门户的枢纽功能
你们要走出去,两江已为你们敞开了大门
铁路、水运、公路、航空
纵贯东南西北
联通中国西部与东盟的通天大道
有机衔接的中欧、中亚国际通道
经过西部形成的"一带一路"完整环线
联通全球的互联互通网络
位居陆海新通道运营中心的重庆
怎么能没有自己的亲兄弟做伴呢?

来吧,我的兄弟,把你的货物
运到重庆港口来

搭乘铁路、公路,或者水运
到广西北部湾港口去出海,再转运到
东南亚国家去。这条南出海的捷径,比
固有的东向传统线路压缩了15天的漫长
省下的空闲,就去龙泉驿交桃花运吧

川渝经济圈,镶嵌在
陆海新通道的朋友圈里
我们是圈中圈的好兄弟
你在达州,我在万州
分别建设了集散中心
万州已开行铁海联运班列
无缝衔接的川渝两地
将在"一带一路"和长江经济带上
再续血脉
  "蜀道难,难于上青天"的诗句
将改写为"蜀道易,易于通天下"

我们共同的亲情里
流动着共同的利益
商贸,是我们兄弟
必须联袂上演的商业大戏
我们已经签订
《推进成渝城市群开放平台共建共享》方案
新时代新格局的战略契机
就在我们手里
自贸试验区制度创新、产业协作共兴
投资自由化、贸易便利化
金融改革创新、飞地经济

已经握手言欢
让我们肩并肩,手挽手
一起推开海外的市场大门吧

让我们行动起来
把开发区建设合作摆上桌面吧
让重庆长寿经济技术开发区与
四川广安经济技术开发区
进行双向投资、相互促进吧
让我们的资源优势互通
让我们的人才队伍交流
让重庆双桥经济技术开发区与
四川内江经济技术开发区
在产业协同、项目对接
和平台共建、资源共享、政策共用上
展开合作吧
把我们的关系
构建成川渝全面的战略合作关系

我们是川渝经济圈里的好兄弟
更是产业合作的好搭档,让我们
一起敲响的川剧开场锣
给西部、给全国,甚至给世界
上演一场川渝合作的经典剧目

川渝两地,山水相连,相互交错
产业园区聚集,你中有我,我中有你
在交织的领域里呈现出勃勃生机
请看,四川邻水机电产业园

110户签约落户的企业
82户来自重庆
完整的汽摩产业链，环环相扣
重庆永川港桥工业园龙头企业——重庆理文造纸有限公司
和四川造纸企业携手
诞生了第一个百亿元产业群
汽车和摩托车产业的合作
智能制造与电子信息技术产业的合作
食品饮料产业和技术创新合作
经济运行调节的合作
和共同推动区域对外开放的合作
都聚集在互联互通的陆海新通道上
一声汽笛拉响
便可通行全国和世界

两地城市间合作共建的产业园区，形成了
定位明确、布局合理、协作配套
优势互补的产业经济走廊
还有两地新能源汽车、摩托车及零部件研发
关键零部件的配套、检测服务平台的建设
两兄弟的深度合作，彰显出
联系紧密、布局合理、产业链完善的气势
真可谓，兄弟同心，其利断金

智能化浪潮的掀起，川渝两地岂能落后
推进工业与信息化深度融合
促进制造业转型升级
依托两地产业发展基础和优势，加快
电子元器件、通信终端、汽车电子

和电子信息新材料、电子装备研发、轻工纺织

以及生物医药等产业的深度融合

一片欣欣向荣的景象

正在日益凸显

兄弟，我们手挽手，撸起袖子加油干吧

深度融入陆海新通道

现代交通一体化网络

成为川渝两地的敏感神经

构建大通道，打通"断头路"和"瓶颈路"

我们一起抱团发力吧

铁路、港口和高速公路

川渝两地路网的畅通

我们兄弟必须再度联手

川东北联通渝东北

渝西联通川东

川南联通渝南

大足联通内江

永川联通泸州

合川、铜梁联通安岳

开江联通梁平

资中联通乐山

潼南联通荣昌

高速公路与立体交错运行的沿江高铁

成南达万铁路、渝西高铁和渝昆高铁

都是我们兄弟携手绘制的共建蓝图

你看，陆路纵横交错的路网上

满载沿线货物

正从四面八方奔向陆海新通道

翅膀上的风景

川渝两地经济圈，陆路布局势不可当
两地水路的互联互通
再度成为我们共同的焦点
长江黄金水道成为两地新的出海口
完善向东的川渝沪通道，建立
长江口岸贸易物流便利化联动机制
提升外贸集装箱装卸速度和通关效率
推进陆水联运，推进达州到万州港
通江达海的新通道建设，联通
果园枢纽港和忠县新生港水路通道
改善嘉陵江利泽航运枢纽和涪江航道
开工建设长江涪陵到朝天门航道
在我们联手的港口现场
已经热火朝天

回望历史三千年，自有川渝立潮头
川渝经济圈的雏形，正是两地
在西部崛起的新标高
已经上升为国家战略的陆海新通道
必定推高川渝两地崛起的新海拔
兄弟，让我们扯开嗓子，吼起川江号子
在汗水涌起的浪潮上，奔跑吧

中欧班列，一路向西

2011年3月19日，这一天
重庆团结村
一声汽笛划过两江上空
一趟列车，头顶中国名片
一路向西，穿过
古丝绸之路的千年寂寞
向万里之外的欧洲驶去
中欧班列——渝新欧自此诞生
十年后，一列印有——
中欧班列（渝新欧）十周年纪念专列字样的列车
再度从团结村拉响汽笛，依然向西
穿越万里时空
抵达德国杜伊斯堡
汽笛与驼铃的千年交响
在历史的沟壑里跌宕起伏

重庆，国家六大老工业基地之一
经过多年产业调整升级，已形成
"6+1"的产业结构和千亿级产业集群
汽车和电子产业的双引擎，为两江
涌起新的浪潮推波助澜
全国最大的汽车生产基地上
世界有八辆，一辆重庆造
世界有三台笔记本电脑，一台重庆造

工业发展迅猛的重庆，呼唤一条
更为便捷的新通道
上升为国家发展战略的陆海新通道
应运而生

以重庆为中心的渝新欧，向
西南、华南、西北、长江流域奔去
打破了一江春水向东流的传统格局
时间换空间，劣势转优势
内陆开放高地，通过兰渝铁路
穿过新疆阿拉山口
经哈萨克斯坦，到俄罗斯
再到白俄罗斯、波兰和德国
从鹿特丹港通达大西洋
踏上向西出关的"一带一路"直抵欧洲
中国和世界
在一声汽笛的呼啸里无缝接轨

一个点，陆海新通道总部，在重庆闪光
一条线，向西出关抵欧洲，在重庆发端
一张网，西部十二省加一，在重庆撒开
重庆、新疆、欧洲，三点一线
渝新欧大陆桥的打通，一条
"重庆造"高性价比的运输通道
奔跑出亚欧货物运输的新格局，重庆身旁
犹如毗邻着新的太平洋和大西洋
一列列火车，就像大洋中穿梭的货船
在陆地海洋中呼啸万里
从此开启了

国内国际双循环相互促进的发展新格局
重庆,从封闭的内地,实现了
对外开放高地的华丽转身

身居亚欧大陆桥新起点
重庆人没有忘记,我们祖辈
曾经筚路蓝缕、一路向西的苦涩和坚韧

时间睡着了
我们却醒来了
在西部大开发新格局的黎明里
我们醒来了
在陆海新通道的战略规划里
我们醒来了
在"一带一路"新的历史扉页里
我们醒来了
听,渝新欧的汽笛
在西部腹地重庆的两江潮头拉响
渝新欧班列,从团结村驱动滚滚铁流
以铿锵昂首的姿态,飞跃在漫漫西路
古老的黄金走廊
再度响起华夏铿锵豪迈的脚步声

让我们带着三千万重庆人的豪爽
向西出发吧

不信请看
我们用山河呼啸的班列
在"一带一路"上书写的一个个传奇

2011年3月19日
渝新欧班列首次向西鸣笛
到2022年6月23日
突破一万列
占全国中欧班列经阿拉山口出入境的85%
成为全国50多条线路上的领跑者
一路风靡全球
在跨国物流版图上，重庆由毛细血管
奔驰成了铿锵呼啸的大动脉
走出了千百年畅快出关的困局

渝新欧——中欧班列名片

中欧班列——闪耀世界的中国名片
重庆的未来,已是海阔天空
中国的未来,正在引导世界的未来
世界500强企业,慕名落户重庆
每年利用超过100亿美元
稳居全国前十、中西部第一

中欧贸易走陆运,有时间优势
海运,从港到港,一个月
陆运,从门到门,十四天
渝新欧比空运的价格优势,无可匹敌
空运五成,陆运一成
时间通道拉开了相隔万里的成本落差
已经通达德国的渝新欧
再度辐射到欧洲30多个国家
一万列班列穿过阿拉山口
不断向上飙升的数据
令世界目瞪口呆
一条寂寞了千年的丝绸之路
从曾经的商贸路
变成当下产业和人口集聚的经济带
重庆人的智慧和汗水
都在渝新欧,一路向西万里奔腾的呼啸里
开花结果

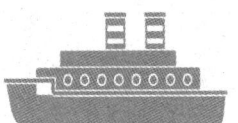

通江达海行天下
——诗叙重庆港务物流

翅膀上的风景

从果园港延伸的路线图

打开世界地图
世界之大，又如此之小
一个花团锦簇的国度，在东方
打开中国地图
版图之小，国度却如此之大
一个江河婉转的城市，在西部
打开重庆地图
山水环绕，山城如此多娇
一个江水倒映的两江地标
打开两江之门，两江如此智慧
一个通江达海的港口，在两江
打开果园之窗，纵横八方
港口如此通达
一个货行天下的口岸，在江边

伫立果园港码头，瞭望世界
"Y"字形通道绵延八荒
向东奔驰而去
沿江通道上，闭目侧耳
聆听长江之歌
向西呼啸而去
中欧班列，穿过西域
旋风直抵欧洲
向南乘风万里

连接陆海新通道，通江达海

追风东南亚

我们在这里聚散天下货物

满载希望，从这里发端

踏上千山万水，越过万水千山

穿越海陆空，通达世界

世界在果园港周转

在果园港，有长江天然的深水良港
那沿江昼夜聆听涛声的码头岸线
在翘首等待你
那16个5000吨级泊位
向世界敞开胸怀，满怀期待

向内，辽阔的西部，资源如山似海
远离江河湖海
你们的矿产资源
在群山戈壁深处，滞留千古
那一方水土蓬勃出的农产品
那一方智慧创造出的工业品
怀抱着一座座金山银山
在时间的海洋里，望洋兴叹
期待走进阳光决堤的港口

所有的所有，一切的一切
都来吧
都来重庆果园港聚散吧
这里有江海直达的货运船队
有货行天下的通天大道
从全国各地而来
到祖国各地而去
从世界各地而来

到天涯海角而去
把贫穷的山野
置换成都市的繁华
把悲苦的面容
微笑成三月的灿烂
把万古的期盼，兑换成金色的希望

从这里登舟万里
把阴霾的天空
打扫成蔚蓝的苍穹
这里是——把世界带回家的果园港
这里是——世界财富流转的中转站

来了，来了
你们车轮滚滚，满怀希望
携带着千山万水的宝藏
来了，来了
你们踌躇满志，风尘仆仆
携带四面八方的笑脸
果园港将把盛满友爱与和谐的集装箱
卸载到世界每一盏灯光下

我们向世界捧出温暖
让财富和友谊之花，在这里盛开
世界，在果园港交会
我们在这里周转世界

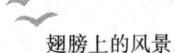
翅膀上的风景

世界,让我们在果园港握手致意吧

在国际物流枢纽构建上
两江新区,握手
新加坡太平船务、重庆港务物流集团
共同打造互联互通多式联运示范运营平台
2022年7月30日,果园港建设全部竣工
2022年8月5日,正式接入重庆铁路枢纽东环线
打通相互衔接的障碍
连接陆海新通道
降低天下万物转运成本
世界瞩目重庆,瞩目果园港
我们将从这里通江达海
在连接亚欧的节点上聚能运转

多式联营,在立体交通网络上立体出港

"蜀麻吴盐自古通,
万斛之舟行若风。"
这是1200多年前杜甫
描述的长江航运的繁忙景象
千年后的今天,果园港——
中国内河最大的"多式联运"枢纽港口
正在续写前无古人的盛景
灯火辉映下,来自国内外的各类货物
穿过海陆空,穿过
重庆已经打通的"任督二脉"
在闪耀着浪花和阳光的果园港
畅通无阻

在果园港,你莫问世上有没有路
只管说,你要到哪里去
选择了水路
便有浪花为你绽放
选择了公路
便有高速为你奔驰
选择了铁路
便有中欧班列万里追风
选择了航空
便有碧空为你翱翔遥远
重庆,西部大开发的战略支点

"一带一路"和长江经济带联结点上的果园港
就是转动中国西部和世界的传动轮
它坐望长江北岸
在浪花和汽笛的推拥下
尽收世界于眼底

你听，在果园港30公里处
一声汽笛刚起
余音便云绕在朝天门广场
你看，眨眼5公里，便可
抵达渝怀铁路鱼嘴中心站
抬头一阵风，掠过15公里
便可抵达江北国际机场
专用立交、绕城高速
沪渝高速、专用铁路
它们横贯港区，交叉有序
依托多式联运枢纽优势，深度融入
"一带一路"和长江经济带

2017年12月28日11点18分
一列满载货物的中欧班列
首次从重庆果园港铁路专用线驶出，连带
奔流的涛声和两江码头上欢滚的火锅浪潮
驶往德国杜伊斯堡
从此，果园港开启了
西部首条直联长江经济带和中欧班列
国际联运战略的通道，补上了
重庆距离出海口2400多公里的短板
弹指一挥，重庆

走向了世界，世界，走进了重庆

来吧，我们有多种联运方式的布局
迎接西部
来吧，我们有条条道路通天下的便捷
接纳世界
在这里，你有选择不了的选择
在这里，我有接纳不了的接纳
让我们站在，多种联运
无缝连接的立体交通网络上
手挽手，立体出港吧

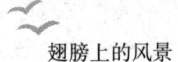
翅膀上的风景

果园港的变迁

这里,曾经泥泞朝天,荒草萋萋
曾经汗霜铺背
曾经浪花寂寞
曾经是散货集散的偏远荒渡
总是被人不愿提起
又总是被迫放弃
春风孤独,桃花寂寞
港口人短叹长吁

整合资源后的果园港
春风掠过西部大开发的高地
伫立在世界经济走向的潮头
高规格规划
平整场地,储备人才,引进设备
桥吊、门机,林立港口
设计年通过能力3000万吨
集装箱泊位10个
装载能力200万标箱
散货泊位3个
装载能力900万吨
商品汽车滚装泊位3个
装载能力100万辆
枯燥的数据上
挂满了港口人的智慧和汗水

那些寒来暑往的昼夜
港口人的脚印里，结满了汗霜
通宵失眠的窗口里，拥进了
无数个疲倦的黎明

如果有人说，这已经足够了
港口人一定会摆手，不
果园港能吞吐长江激流
也能吞吐天下万物

身居上游的港口人
从上游意识提升到大局意识
向下游握手上海港、南京港
信手蘸墨长江水，签订协议下大棋
具有东西双向开放功能的果园港
承载了长江上游航运中心的重任
大宗商品交易市场和商品物流中心
融为一体，在全球
物流供应链重要节点和国际枢纽上
激扬文字，纵横捭阖
把世界拉到家门口，已成现实

历经沧海难为水，除却巫山不是云
曾经的荣耀与辉煌已成过往
未来，又把起吊长江的手臂
伸向了智能化

工欲善其事，必先利其器
提起码头工人，你的脑海里如果

还涌现出肩挑背扛、弯腰低头、汗流浃背
喊着号子向前爬行的景象
那你一定被果园港抛下了几个时代
他们从机械化到智能信息化的转变
彻底颠覆了时间的想象

机械化作业,果园港成长出一大批技术能手
胡万琪,港口技术带头人的全国劳模
每一台庞然大物的设备上,都浸染着
他青春的汗水和智慧
一名司机负责一台场桥设备
20米高空,凌空攀爬,安全隐患大
驾驶楼里寒来暑往,冷热难当
港务物流集团迅速掀起的技术革新浪潮
掩盖了奔流而下的长江波涛

如果坐在办公室里,轻点鼠标
就能进行自动化远程操控
无异于一场更新换代的技术革命
胡万琪,攻关的时间被时间掩埋
在港口,涛声滑过笔尖
在家里,子夜熬穿黎明
如今,一人走进控制室
目视大屏幕,指尖点击鼠标
四台场桥就能自行吊装
无人的场桥,在惬意地行走
自动翻车机、自动装车机、散货皮带传输机
智能地磅、车辆自动识别、追踪管理系统
一大批智能设备的投入使用

催生了一个
现代化信息化智慧港口的诞生
在掠过江面水鸟的视野里
20多吨的集装箱
如同一块轻盈的积木
在空中画过一条优美的弧线
迅速而准确地安放在卡车上
陡然间变得熟悉而陌生
果园港跑步融入的速度正在加速
技术密集型的智能港口
正在加快转型升级

滚滚长江东流水
奔流到海不复回
在加快建设内陆国际物流枢纽上
果园港的发展浪潮
正如滚滚不息的长江水
向西部奔去
向亚太奔去
永不回头
果园港未来大有希望
希望正在加速

青春在码头上闪光

隆冬，果园港集装箱码头暖阳荡漾
一声汽笛，划过长江细碎的微波
辽阔的码头上，我与一枚闪耀着
青春光芒的人影迎面相撞
青春鼓满了激情的背影
双肩闪烁着
全国劳模和全国五一劳动奖章的光芒
他就是码头技改带头人——胡万琪

2006年，胡万琪带上19岁
部队的入党誓词和军人的矫健英姿
脱去军装换工装
在九龙坡集装箱码头
登上龙门吊
挽起衣袖，开始用青春，起吊
一个企业和一个城市的高度
从此，青春的花朵，在一个行业
和一个正在现代化的城市里绽放

面临设备更先进，操作难度更大
劳动强度更大，技术人员更缺乏
只会开设备，不了解性能的困境
胡万琪带领十几名学徒，带着朝阳和晚霞
登上横空凌驾在码头上的设备

严厉而温和的眼神,准确而肯定的语气

在程序里流动

胡万琪结合自己的经验

细化操作规程,制作点检卡

所有设备检查内容、注意事项,哪里不正常

都能在卡上找到对应点

从实际操作到故障排除

从他每一个专注的眼神和灵巧的指尖

传递到每一个学徒,就连

江岸上飞过的鸟儿

似乎都在学舌胡万琪的专业术语

发展生产力,人才是关键

公司举办技能大赛,班组内部"比学赶帮超"

六个月里

设备上蹚过的酷夏流火

江面上掠过的寒冬霜风

把他们晕染成了黝黑的码头汉子

也把十多名学徒,漂染成了

独当一面的技术能手

当他们手握特种设备操作证时

胡万琪和学徒们开心地笑了

一台台设备

在码头上的江风里忙而不乱

成千上万的集装箱

只需手指轻轻扭动

就能在厘米级的误差里,精准就位

如果把生命比为一棵绿树

翅膀上的风景

那么青春
就是这树上最艳丽的花朵
胡万琪这枚青春之花
一直都在港口盛开
2015年,集团技能大赛
也是重庆市市级二类技能大赛
胡万琪走进场桥赛场
吊具上四角各放一瓶矿泉水
抓吊一个集装箱
穿过误差只有5厘米的限宽门
吊具稍有晃动就会碰杆
胡万琪气定神闲,过程如行云流水
只见集装箱缓缓游过
矿泉水纹丝不动
比规定时间提前2分31秒
第一名,当仁不让

原有的场桥设备,操作人员
必须长期坚守在位于高空的驾驶室里
酷暑寒冬,空调是摆设
不仅容易中暑冻伤,而且效率低下
如果把场桥上的人工功能
全部改为远程控制
不仅节省人力成本
而且操作人员工作环境将更加舒适

技改,一个复杂的系统,不仅要对
原设备性能和操作系统深入了解
还必须根据现场实际

提出高效便捷的智能远控场桥系统
在原设备上进行增减和改进
自动化远控操作
无异于一场复杂的外科手术
从此，胡万琪工作室和家里的灯光
总是与窗外的星光交相辉映
直到曙光破窗而入

沿海场桥操作方式和港口，与
已有的场桥设备操作方式截然不同
如果按照沿海的模式进行
早已烂熟于心的操作习惯很难改变
必须遵循现场实际、操作习惯和设备性能
进行智能远控系统改造
胡万琪自学了三个月
用半年时间教会了班组80%的组员
从此，一名司机坐在办公室里
只需盯住显示屏，轻轻触动按钮
就能完成抓箱放箱
整个运行流程可自动完成

2016年，胡万琪获得重庆市五一劳动奖章
2017年，获得全国五一劳动奖章
并作为重庆代表进京领奖
那一刻，他感受到了一名港口人的骄傲
一名重庆人的自豪
也是从那一刻起，许正超、包起帆
在他心中的偶像地位更加凸显
他明白了一名劳模的榜样价值和

应有的带头作用

回到港口，历来重视人才
技改的集团公司
在港口设立了胡万琪创新工作室
胡万琪的创新热情
犹如脱缰的野马，他带领技改小组
又先后技改成功了堆高机发动机
如何延长钢丝绳使用寿命
消除因卷盘装置故障碾压电缆事故
堆高照明的远程控制
防止集装箱作业过程中的保龄球事故
电机原生故障
远控场桥防"保龄球"事故高光板
层出不穷的技改项目的成功，看到的
不仅是降低的300多万元的直接成本
更是企业高层人才战略的成功实施和
尊重劳动、尊重科学、尊重创造的良好氛围
2019年，胡万琪捧回了重庆青年五四奖章
2020年11月，胡万琪再次获得全国劳模称号
再度进京领奖时，胡万琪没有西装革履
而是身着蓝色工装走进了人民大会堂
由里及外，一副码头工匠本色

"我是生逢其时，遇上了好时代
参与了集团公司跨越式发展的好时机
企业为创新搭建了好平台，为每个人
提供了好机遇，体现了集团公司
对知识、对人才、对劳动的尊重

对奉献价值的认可,在港口,任何普通一员
都能在普通的岗位上发光!"
胡万琪由衷地感叹,道出了
集团公司跨越式发展的真谛

谈及企业未来,胡万琪充满激情
他说,果园港是多式联运港口
与长江黄金水道、铁路、公路相连接
与中欧班列、长江经济带相连接
与"一带一路"、陆海新通道相连接
未来大有可为

"长风破浪会有时,直挂云帆济沧海。"
中国的未来,果园港的未来,就是以
胡万琪为代表的青年人的未来

5 蓝天下的两江翅膀
——诗叙重庆航空

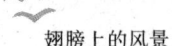
翅膀上的风景

从珊瑚坝机场飞翔的那些陈旧故事

说到重庆机场,你的眼前首先浮现出的
可能是当下豪迈辽阔而现代时尚的江北国际机场
你知道吗?在渝中区长江水域上的沙洲上
曾经拥有过重庆第一座民用机场——珊瑚坝机场
随着江水浩渺的起落,若隐若现
重庆近代航空史上那些飞翔的陈旧故事
至今依然历历在目

700米的跑道,东高西低
飞机沿用自然坡度
向西,下坡起飞
向东,上坡降落
因鹅岭的阻挡,难以直线升降
只能掠过汹涌的波涛,艰难升空
旅客登机和装卸货物,必须
穿过浮桥上岸,登上322级台阶
汛期来临,机场瞬间沉没
枯水期浮出水面时,才能再次起降

在抗战风云里,珊瑚坝机场,既开辟了
往返成都、贵阳、西安、桂林、兰州的后方航线
又承接了驼峰航线运抵重庆的战略物资
甚至远航到了印度、缅甸和阿拉木图

历史的漏斗，遗漏了许多往事
但那些刻在历史隐墙上的记忆
依然清晰

1944年11月21日，两名美国飞行员
驾驶一架B29远程轰炸机
因油料不足迫降珊瑚坝机场
因跑道太短，难以满足起飞滑跑长度
成百上千的民工拥向机场
在沿江边转弯处，加长跑道
与原跑道形成20度夹角
飞机一边滑翔一边转弯
当转入直线滑跑时
突然加速向跑道尽头奔去
离开尽头那一刹那
飞机舔着长江浪花升空，开创了
世界航空史上弯道助跑起飞的先例

有人说，如果没有弯道助跑
如果速度稍微慢一点
冲向终点的那一瞬间
就是机毁人亡的那一刻

时常被洪水围困的珊瑚坝机场
在波涛汹涌的长江里
犹如一叶飘荡的轻舟
孤独地守候着日夜奔流的一江春水

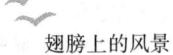
翅膀上的风景

从狭窄的白市驿飞向江北辽阔的天空

如果说,波涛里的珊瑚坝机场
飞机在弯道助跑的浪花里,难以展开潮湿的翅膀
那么,在九龙坡白市驿机场上
飞虎队驾驶的4000余架次的歼击机
在空中抗战的主战场上,扇动飓风
撕碎了一架架钢铁铸造的旭日旗
血色的领空和殷红的江水
激发了我们多少凌空搏击的斗志

可是,我们狭窄的机场
依然装不下飞翔的辽阔
重庆,亟待一座吞吐量更大的机场
需要一片更加辽阔的蓝天

1990年1月22日,江北机场正式通航
一架架从新航站楼起飞的翅膀
抖落历史天空里的那些灰色时间
穿过云层,一飞冲天

飞出两江逼仄的天空

两江上空,从三次扩建的江北机场上
起飞的鸟鸣,没有留下名字
只留下建设者的飞天智慧和汗水

2001年12月,江北机场第一次扩建
2004年12月竣工,朝天开放
每年1500万人次的南来北往
在8.6万平方米的航站楼里,滑过
3200米长的跑道
在38万平方米的停机坪上起降归途
30万吨的货邮,凭空而来,又凭空而去

然而,一路蹒跚的重庆航空
在这里才刚刚打开翅膀
更辽阔的飞翔,呼唤更宽阔的机场
2008年9月,江北国际机场
第二次扩建正式启动
2010年12月21日,正式开航
四条平行跑道,东西两个航站区
"南客北货"的总体格局向天空敞开
从4500万人次,到7000万人次
一座西部大型枢纽机场,在重庆以北
应天而出

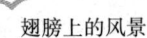

翅膀上的风景

随着西部大开发和经济建设的快速发展
两江上空的翅膀，拥挤在扩建后的停机坪上
飞翔的轰鸣此起彼伏
江北机场期待更为宽广的天空
第三次扩建，在2012年8月拉开帷幕
机场东航站区，耸立在2017年的初秋
天高云淡下，3800米长的第三跑道奔驰而出
千姿百态的云彩，从53万平方米的
航站楼上的玻璃窗里悠然飘过
轻轨、巴士、摆渡车，井然有序
从35万平方米综合交通换乘枢纽上驶过
一架架波光闪闪的银燕，此起彼伏
从90万平方米的停机坪上，交替升空
满载东西方物流的货机，扇动翅膀
托起110万吨的货邮，举重若轻
在10万平方米的货运站里，吞吐自如
37.3万架次的飞机起降，再度刷新了
两江仰望长空的纪录

历经4次改扩建，重庆机场
已经率先实现中西部地区三条跑道同时运行
T3B航站楼和第四跑道即将建成
8000万人次的年吞吐量
58万架次的升降起落
在黄金交叉点上，携带
两江泾渭分明的麻辣太极图
操一口重庆椒盐普通话
向外飞、向高飞、向更遥远的东南西北飞
5小时飞过五大洲四大洋

从两江逼仄的天空里
飞过全球三分之一人口的万里疆域
扶摇直上九万里，飞向万里蔚蓝

翅膀上的风景

存储在云端里的记忆

云空万里，地上的事，就是天上的事
飞天的事，小事也是天大的事
天大的事，就是平安无事
江北机场发展年表里的每一件事
都是飞天的辽阔大事
都是存储在云端里的记忆

1983年，成立新机场筹备小组
重庆未来的飞天雏形，即将诞生

1984年3月，起草机场项目建议书
每一个字，都是翅膀上闪光的云朵

1984年12月24日，江北机场国家正式立项
立起的是巴渝子民仰望天空的期待

1985年1月23日，原国家计委下达机场设计任务书
每一项设计，都有翅膀穿过云雾的风声

1985年11月30日，机场正式动工
一砖一瓦一锹土，都是飞翔的助推器

1989年4月12日，邓小平为机场题写"重庆机场"
笔力苍劲，一笔一画都带有风骨

1989年12月，机场配套高速公路通车
地上与天上，呼啸追赶呼啸

1990年1月22日，机场正式通航
两江为天下而飞，天下为两江而来

1992年，机场旅客吞吐量突破百万人次
两江的胸怀，正在向世界敞开

1993年，重庆机场进入中国十大机场之列
我们的飞翔，正在追风赶潮

1995年，机场被正式批准为对外开放的口岸机场
我们的翅膀，从此纵横世界

1998年，机场更名为"重庆江北国际机场"
世界的翅膀，接踵而来

2000年，国务院授予机场口岸入境落地签证权
只要你到重庆来，自有两江水签认

2001年12月，机场启动二期扩建
我们将拥有更多的翅膀，翱翔蓝天

2003年11月26日，重庆机场集团有限公司成立
我们改制，是为了飞得更高、更远、更辽阔

2004年4月18日，重庆机场集团正式加盟首都机场集团公司

翅膀上的风景

两江与首都，天涯若比邻，彼此遥相呼应

2006年，机场旅客吞吐量突破800万人次
再次步入中国十大机场行列
安全和服务双双名列首都机场成员第一
荣获全国民航机场安全保障"金樽杯"
重庆市国有企业贡献奖
耀眼的荣誉背后，是无数次飞天的呼啸

2007年，全年安全飞行10万架次
旅客吞吐量突破千万大关
货邮吞吐量突破15万吨
数字的飙升，拉升了重庆新的海拔

2008年9月，机场启动三期扩建
2010年12月，扩建完工
率先迈入两座航站楼、"双跑道时代"
山城飞往世界的翅膀，晒过飞天的雁阵
我们在西部，拥有了更加辽阔的天空

2010年，机场旅客吞吐量达到1580万人次
货邮吞吐量达到19.6万吨
2011年，旅客吞吐量跃升全国第九位
2012年，旅客吞吐量突破2000万人次
"全球旅客吞吐量千万级最佳机场第二名"
每一个数字细微的跳动
都是两江三千万子民幸福感的飙升

2013年4月23日，国家发改委正式批准东航站区扩建项目

我们渴望更多的两江翅膀飞向蓝天

2014年，旅客吞吐量跃升中国第八位
增速位居十大机场之首
2015年10月，武陵山机场交由重庆机场集团管理
同年12月1日，机场旅客吞吐量突破3000万人次
我们满载山呼海啸的希望，飞过山川流云

2016年3月18日，与重庆公交集团签订地面客运合作协议
在无缝对接的专线上，点对点直抵你的家门

2017年8月29日，T3A航站楼、第三跑道正式启用
我们飞翔的天空，一望无涯

推开两江之门抬头仰望
重庆直辖十年，翅膀飞出的荣誉
早已堆砌成云空里新的标高
荣誉上的光环，令我眼花缭乱
全国文明单位、全国五一劳动奖状
全国创建文明行业工作先进单位、全国卫生机场
全国文明机场、全国精神文明建设先进口岸
全国思想政治工作优秀企业、全国绿化先进单位
全国"安康杯"竞赛优胜企业奖、中国物流百强企业、
全国民航机场安全保障"金樽杯"、民航优质服务综合奖
重庆市文明单位五十佳、重庆市最佳文明单位
重庆五一劳动奖状、亚太区最佳进步奖
我们在乎荣誉，更在乎荣誉带来的两江笑脸
遍布天空的370多条国内外航线
已经抵达全球216个城市

"亚洲领先、世界一流"
我们当之无愧

昂首2035，T3B航站楼、第四跑道已经开建
4座航站楼、4条跑道的飞天布局，2024年即将形成
58万架次起降、120万吨货邮和
8000万人次吞吐量的大型国际枢纽机场——
一座西南最大的物流园
一座美轮美奂的航空城
在西部地标上，呼之欲出
新的大事年表，正在续写

故事，在云端里飞翔

峰回路转碧空尽，重峦叠嶂锁云烟
飞天眺望长江水，除却巫山不是山
巫山风景甲天下，自古骚人必趋之
临峰峦之旷远，抒山川之壮美
览群峰之奇秀，发千古之幽情
如果你从巫山机场升空瞭望
也会瞬间陡生这样的感叹
你甚至会怀疑，这云端里的巫山机场
难道是从天上掉下来的吗？
巫山十二峰上婉转的鸟鸣
似乎在滔滔不绝地讲述着
一个个云端里飞翔的故事

穿过渝东门户，抵达三峡库区腹心
往东看，东邻湖北巴东
往南看，南连湖北建始
往西看，西接奉节
往北看，北接巫溪
若你从巫山"云端机场"升空
高峡平湖的壮美景观将尽收眼底
一幅美妙的自然山水画，堪称天下绝景
重庆的巫山，中国的巫山，世界的巫山

正所谓无限风光在险峰

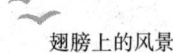

翅膀上的风景

千转百回里的峰回路转
阻挡了多少游览巫山奇景的脚步
因为交通的制约,旅游经济开发受到限制
天赐的无限风光,只能在
一江春水向东流的浪花里,孤芳自赏
如果绕过千山万峰,把机场建在云端里
让四面八方的游客,从天而降
将会省去多少跋山涉水的艰辛
巫山旅游经济的发展,将会得到多大的突破
于是,2011年,国务院和中央军委
批复了这个大胆的设想
拉开了巫山机场的建设帷幕

巍巍大巴山,连绵不绝
李白难于上青天的悲叹
也难以道尽巫山的峰险奇绝
巫山机场选址,位于
大巴山与巫山交界的桃花山林场
要在这荒无人烟的原始丛林里
打破渝东北的交通瓶颈
架起连接世界的空中桥梁
无异于一次登天之举

2015年5月,建设指挥部先遣人员
翻山越岭,在1771.48米海拔上安营扎寨
在重峦叠嶂的云端里
开始了将近五年的开山辟地

从巫山县城到机场选址,道路不通

他们绕道奉节，翻过27公里盘山公路
再步行十多公里的机耕道
深一脚浅一脚攀登
在又烂、又险、又窄的山路上
连一辆迎面而来的摩托都无法侧身让过
上山一次4小时的单程攀缘
时间在路上消失殆尽
他们望天长叹《蜀道难》

他们把一个集装箱运到山顶
算是前线指挥部
在20多平方米的集装箱里办公、做饭、睡觉
4个人在3张拼起来的单人床上挤成一团
办公用品和十几个人的生活用品
把空间拥挤得无法转身
只有原始森林里的厕所，无限辽阔
没水、没食物、手机没信号
只有原生态的丛林里的"风花雪月"
　"风"，是呼啸的山风
　"花"，是荒山的野花
　"雪"，是每年长达4个月的大雪
　"月"，是每天陪伴到深夜的明月
几个月吃的方便面，比他们10年吃的还多
打嗝、呼吸都是方便面的味道
为了接收上级信息，他们翻山越岭
在一个远离驻地山顶上的野风里
才捕捉到一丝时隐时现的微弱信号
在森林密布的露天"通讯室"里
　"通讯员"轮流蹲守，接收指令

他们一旦上山,就不愿下山
一旦下山,更不愿意上山
家属们难以理解,埋怨他们玩"失联"
恋爱中的年轻人,因为信息全无而闹矛盾
为了消除误解,前线指挥部
把家属们都请到现场参观
一路颠簸和步行来到山顶,眼见
寒风刺骨、冰天雪地和窝棚一般的生活环境
一声声埋怨,变成了一串串眼泪
有的抱住丈夫泣不成声

在大山之巅、云端之中,开辟出一片
占地3000亩的机场平地,谈何容易?
唯一的办法,就是削峰填谷
7个山头,6个山谷,令人望而生畏
但建设者没有后退半步
隆隆的开山炮,穿过巫山十二峰
在峡谷里回荡。山巅之上的飞鸟
从第一声的惊飞惊叫,到千万声炮响的淡定
它们已经习惯了这惊天动地的开天辟地
基础不牢,地动山摇
无数个家庭亲人的神经
都在云端之上的每一次起降里紧绷
工程质量,是他们日夜悬心的头等大事

削平云端里高耸静默了千万年的山头
倾倒在高过40层楼的峡谷里
如此超大的峡谷高填方,稍有不慎

就可能带来机场下沉和山体滑坡的灾难
为了每一层的密实度,都能从峡谷里
坚实地上升到云端
他们采取分层碾压和强夯相结合
把谷底里的海拔,一层一层碾压到山顶
强夯机一分钟落下的锤数
他们早已默记于心,再装上摄像头
强夯机吊锤的起落都在全流程监控里
豪迈着铿锵的节奏

巫山机场地处喀斯特地貌
40多个明、暗溶洞,在山体里高悬
每一个空洞,都是未来云端里的陷阱
每一个溶洞,都有一个万全的方案
小溶洞,直接开挖回填
大溶洞,采取中间搭桥、顶上加盖
支撑起飞翔的平台

"拦路虎"一个接一个
跨越冬春两季的寒冷气候
长达4个月的冰天雪地里
他们只能停工,仰天长叹
建设者们挽起衣袖,在高山之巅
与恶劣的气候赛跑
2000多人和800多台机具
在秒针上飞速旋转
川流不息的人群和设备
还有爆破炸裂的时间缺口
一起淹没在巫山之巅的云雾里

当时间渐渐褪去巫山顶上的云雾
7个山头不见了，6个峡谷不见了
2017年12月，机场雏形基本成形
2019年3月，巫山机场顺利完成校飞
2019年4月18日上午11点10分，随着一架
空客A320客机平稳降落在"云端航母"巫山机场
标志着试飞圆满成功
面对穿云破雾的银燕，在他们
削峰填谷的机场上呼啸起降
建设者们的心胸，顿时辽阔起来
那些用汗水飞溅的日日夜夜
一幕幕来到建设者的眼前

机场建设指挥部招标办主任李沛东
因为机场临近通航的繁忙，一个多月没回家了
几乎忘记了经常晕倒已经住院的妻子
他背过身去，在僻静处拨通了妻子的电话
同事看不见他的表情，却隐隐约约听见了
他那低沉得有些哽咽的声音
人们知道，他忙得连忘记的时间都没有

在巫山机场建设期间，何止一个李沛东
2017年，土石方施工处于攻坚阶段
已经怀孕9个月的曾议楠
依然在现场缓慢地移动着笨重的身子
领导和同事多次劝她下山休息，她总说过几天吧
过了好多个"几天"，她却依然不下一线
直到一天深夜生产发作羊水破了

才搭乘工程车穿过子夜,赶到医院

2018年初,指挥部党委副书记、副指挥长
廖浩波突然接到爱人电话,说
母亲查出子宫癌
他匆匆回家陪伴了两天
把母亲托付给妻子
带着潮湿的眼眶,又赶回了工地

2019年3月,巫山机场迎来第四次校飞
恰在此时,指挥部安全办主任邹龙华
突然得知母亲突发心肌梗死被送往医院急救
他却没有离开现场一步
听完家人一通电话埋怨后,他解释说
校飞非同小可,机场的飞行程序、仪表着陆系统
全向信标仪、导航设备等
都必须一丝不苟校验
身为安全办主任的自己,节骨眼上怎能离开?
直到校飞成功后,他才昼夜兼程向医院奔去

因为路途遥远,半个月两天假,还有一天在路上
员工们大多把一两个月的假期攒在一起再回家
机场建设的4年多,指挥部
10名员工的小孩陆续出生
他们来不及多看孩子几眼
就放下襁褓中的孩子,匆匆返回工地
由于和孩子相处时间太少,出生早的孩子
总是在视频里管自己叫叔叔
对家人的亏欠,他们只能用工作来弥补

有人说，云端里落下多少雨滴
他们就滴落了多少汗水
解决了多少难题，就有多少难以尽述的云端故事
唯一没有的，就是眼泪和抱怨

我们带着巫山去翱翔

2019年8月16日，巫山机场正式通航
全年4万多人次穿云破雾
从云端机场起降
从此，世界在巫山降落
巫山飞向了世界

站在机场瞭望
蓝天白云下高峡平湖的壮阔景观
俘获了多少人的眼眸。此时此刻
翅膀下的巫山十二峰的绝美风景
就要从2.6公里的高山跑道上起飞
飞向五彩斑斓的世界
巫山与世界的距离，近在咫尺
从此，巫山不再是遥远的天涯

"三峡人民看世界、世界人民游三峡"
三峡库区从此开启了航空时代
65万巫峡儿女，从此拥有了
飞向世界的翅膀

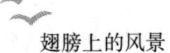

翅膀上的风景

飞过武陵去观景

穿越回到2010年,相约12万人次
携带600吨货邮,扇动3197架次云天翅膀
滑过2100米跑道,降落黔江武陵山机场
缓缓走下波音和空客的舷梯
闲坐在2900平方米的航站楼里,品味一杯蓝山
遥看窗外鸟鸣云山

回到眼前,再约39500人次
扇动28893架次飞天翅膀,穿过15条城市航线
滑过2400米跑道,降落黔江武陵山机场
在3000平方米的货运站,卸下5000吨货物
闲坐在38000平方米的航站楼里,沏一壶金骏眉
细品武陵山千山万卉的沉香醇厚
瞭望窗外天池碧波

我们还可在时间的前面起飞
预约300万人次,或560万人次
扇动31746架次,或51800架次翅膀
携带15000吨货物,向2035、2045、2050年飞去
滑过平行滑行道和垂直联络滑行道,与未来
对坐在43000平方米
或65000平方米的航站楼里
开启红酒,放目窗外千山晚霞

回头看看墙上

2015年，获得的"最佳支线旅游机场"称号

2019年，获得的"旅游大区建设先进集体"称号

在武陵山的蓝天里，闪烁着重庆支线飞翔的荣耀

一对对穿云破雾的翅膀

擦亮了祖国东南西北的天空

当一架架银燕返航呼啸降落在黔江机场时

四面八方的旅客，走下舷梯

武陵山的新鲜空气，裹挟着他们

散落在山野无数炫目的风景里

开往春天的列车

——诗叙重庆轻轨

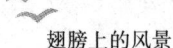
翅膀上的风景

春天的轨迹

不必回到民国35年,登上陪都
10年建设计划草案里的高速电车
从主城到郊区,比蜗牛稍快一些
甲乙丙三条线,拉不动时间的沉重
从龙门浩到两路口、磁器口和
二塘、南温泉、石坎、大田坎
秒针吭哧了半个多世纪,春天的轨迹
依然锈迹斑斑

也不必回到1958年,那个春天蜷伏在
十八梯到临江门的地下隧道里忍饥挨饿
面黄肌瘦的春天,步履蹒跚。但可以勉强
回到1960年"20年的规划"里
在直通与环状网布局的地下快速铁道线上
从市中区穿过100公里
去新牌坊、小龙坎、杨家坪、石桥铺、两路口
再汇入1965年的千人地下施工现场
为春天修一条穿山过江的快速通道
我们的脚步,在1966年的桃花里戛然而止
满腹惆怅,回望
已经贯通的千厮门、望龙门、中华路和
十八梯、兴隆街、枣子岚桠、燕喜洞寂寞的岩石
待千人散去,把隧道交给1971年的人防部
春天在那个口号鼎沸的黄昏,暂停了芬芳

6 开往春天的列车 ——诗叙重庆轻轨

逝去的春天还会回来，如若不信
请回到1982年到2000年规划里去吧
从朝天门到杨家坪
穿过较场口、菜园坝、两路口和
鹅岭、大坪、谢家湾12公里
向正在春天里呼啸的2号线奔去
春天的轨迹，已经锃亮
顺便打开1991年综合交通规划图
南坪到新牌坊，朝天门到双碑、九宫庙
杨家坪到石桥铺，轨道卷起的旋风
荡漾出一夜春江花月
锃光瓦亮的轨道上，月色流淌出一线清辉

我们还可以回到1998年，翻开到2020年的规划
新牌坊到南坪，北向，已经延伸到江北机场
杨家坪到石桥铺，向东，已经延伸4公里
踏上5号线，从童家院子到冉家坝
穿过高家花园、杨公桥和上桥，直抵中梁山
119公里的山水浪花，欢腾着春意

2000年12月，那个蜡梅迎春的清晨
较场口到动物园的2号线一期工程
一声炮响敲开了早春的大门，迎来了
主城区"九线一环"522公里的轨道交通格局
2005年初夏，从大坪呼啸而至动物园
稍做停留，迈进2006年7月1日
乘坐2号线，向南抵达新山村
推开2007年4月和6月山花烂漫的车窗，聆听

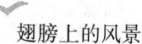

翅膀上的风景

3号线从二塘到龙头寺，和1号线
朝天门到沙坪坝的开工礼炮
在2011年7月28日和12月30日
我们甩开春天的脚步，轻装出行
从小什字登车，驶向沙坪坝
从二塘登车，驶向江北机场
从两路口登车，驶向鸳鸯
在初具规模的重庆轨道交通网络时代
与春天融为一体

2012年9月28日，山城市民
一边吸吮着铺满江河的桂花香
一边跟随百万人，从五里店搭乘6号线
穿越到康庄，再从沙坪坝乘坐1号线
穿过雪花抵达大学城
或者，从康庄到礼嘉去
又或者，搭乘3号线，从二塘到鱼洞去
最好别耽误了赶往春天的列车
在215公里铺满花香的绿茵花海里
惬意地抵达每一个春花盛开的站点

千万别忽略了
从礼嘉到北碚和五里店到茶园的6号线
覆盖重庆主城九区的轨道交通的每一个驿站
都已经花团锦簇

2017年12月28日
碧津到举人坝、跳磴到江津段
中梁山隧道已经开通

6 开往春天的列车 —— 诗叙重庆轻轨

如果你想去璧山观赏油菜花海
请搭乘2019年12月30日开通的1号线
在那金黄的春天里,我们的每一次呼吸
都是金灿灿的芬芳

如果有足够的兴致,请和我一起登上列车
掠过窗外的千山万卉,到轨道环线上去闭合吧
从重庆图书馆启程
你往东北半环,我向西南半环,穿过
天星桥、沙坪坝、重庆大学、南桥寺、冉家坝
重庆北站南广场、五里店、弹子石、上新街、四公里
跨过五个行政区,在九龙坡二郎站握手会合
只是,你别忘了微笑,我别忘了玫瑰
在2021年2月4日的这个风和丽日
任意走进春花烂漫的某一个角落
去约会春天的千姿百态

至此,我们在
9条370公里193个驿站的重庆轨道网络上
便可随意邂逅春天的每一次花香和浪漫

当然,我们有足够的耐心等待
等待正在建设中的春天早日到来
春天里的每一张笑脸,也在期待我们的造访
不信你看,两江四岸
山山对峙河流宛转的850公里脉络上
"轨道上的都市区"
正在加速形成
每日300多万人次的人流

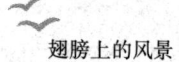

翅膀上的风景

正在上天入地、跨江涉水
满载春江水月,向我们扑面而来
交会着各自的春暖花开

开往春天的列车

阳春三月,春风得意的行人,从较场口
搭乘2号线森林绿轨道列车,自东向西
穿越两江撒满花瓣的碧水
跨过25个站点,掠过6大行政区
抵达一城繁花的鱼洞
奔驰看重庆,人在画中游

踏过魁星楼覆盖了的临江门老城门
越过闹市红尘喧嚣,直抵黄花园
走出曾家岩轨道站,回到1938年冬
在周恩来总理租住的曾家岩50号楼前
驻足回望1939年日寇大轰炸的那场烈火
聆听1945年8月重庆谈判
毛泽东主席在记者会上的侃侃而谈
那时,重庆春天的花蕊里
布满了害虫的尖牙利爪

俯瞰嘉陵江
继续前往李子坝轻轨站
无须多问,是先有楼,还是先有车
只管登上满载春天的列车
惬意地向春天穿楼而去
在一江碧波的山水倒影里
穿过高低错落的摩天楼宇

穿过霓虹闪烁的璀璨夜景
穿过楼上楼下的一夜春梦
穿过蝶飞花舞的山花烂漫
穿过站台下立体的三维岩画
穿过渝都风靡海内外的魔幻
穿过观景平台上络绎不绝的网红惊叹
向春天铿锵而去

满载一路惊讶的春光，继续前往
驶入万物复苏的佛图关
拾级而上，步道悠闲
鸟瞰列车穿过辽阔的花林进入隧道
在步道底仰视梅林
推波袭来的梅香
倒逼行人后退三步
登临佛图关，伫立悬崖之上
梅枝斜出，与桃花、李花、杏花、玉兰花
迎风斗艳
举起镜头，以花枝滴香为前景
将林木葱郁、烟云缭绕、云浮雄关和
两江春水玉带、双桥长虹，尽摄眼眸

重登列车，呼啸抵达鱼洞站
与3号线会合
走出站台，融入鱼洞老街
在夜来香的月夜里
走失在青石路上
眺望鱼洞长江大桥跌入江水的灯火
或在石板街上盲游

沿石阶踏入井巷喧嚣
忽见百年老街开门迎客
有人手摇芭蕉扇，穿过玉兰树
在巴渝老茶馆坐下
重拾重庆老味道
漫步白壁翘檐的古风
回到明末清初
摘一粒乌皮樱桃、五布柚
与古人咋舌古今春色的滋味
或浸泡在南温泉的云雾里
让身心回到尘世初开的原野

如果时间足够悠闲，还可游览
"川东小峨眉"的圣灯山
穿过森林看石头
在蛇脱壳、铁门槛、狗钻洞的景点里缓缓移步
沿路任由千花万卉前呼后拥
打开每一个细胞的呼吸
在春天里微笑

当然，还可就近登临云篆山
那九堡十三湾耸立的巍峨
远视如睡佛望月
近看若擎天一柱穿云破雾
令无数文人墨客，吟诗挥毫，韵染群峰
走进山寨门，静观一湾长清水
焚香云篆寺，慢钓半春云山湖
拂面清风楼，侧耳漫山松涛鸣
低头罗汉井，笑皱碧空井中天

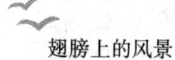

面朝滚滚长江，借问阵阵花香
刘伯温当年"天下大乱，此地无忧"的评价
说的是地势险要
还是这一方独有的风水宝地
漫山遍野的杜鹃花，笑而不语
在云篆风清的芬芳里，自顾摇曳春光

而我，始终是重庆城的一粒花种
还得回到列车上
在春光明媚的驿站里，与春天一起发芽

搭乘一列太阳橙列车，去荡漾春天

无论你来自两江四岸，还是天涯海角
携带春花明月抵达重庆轨道的4号线
如果由东向西奔向唐家沱
就等于登上了一列阳光灿烂的呼啸
橙黄色的车体里，你的每一个坐姿
都流淌着阳光的味道

从民安大道出发拉伸68公里
以铿锵欢快的节奏，串起
新牌坊、重庆北站综合交通枢纽
两路寸滩保税港区
唐家沱组团和港城工业园区
将两江新区东部的产业与
主城核心区的厚重底蕴连接成春暖花开
会合环线和5号线，穿过34座车站
实现东部槽谷龙兴、复盛片区与中心城区
快速互联互通，一路明媚抵达石船

如果你想把满载货物的集装箱发往上海
请在保税港区寸滩港出站
伫立码头瞭望长江
黄金水道上，汽笛荡起的每一朵浪花
都承载着你的万吨希望

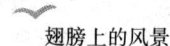
翅膀上的风景

即将开通的二期工程，14个站点
每一个都传播出春天的消息
每一条消息都微笑吐香

呼啸在重庆轻轨文化里

在山城重庆，轨道文化不再是一个概念
从3000年历史延伸而来的翰墨文化元素
巧妙融入市民多元化出行的每一个微笑里
演绎出了一道新的城市交通文化风景线

如果你乘坐覆盖全城的"九线一环"走一遭
10条轨道线路，"一线一主题"
迥异的文化风景线
呈现出新的重庆映像
在轻轨奔驰的文化里
我们的感官，缓缓地流淌着水墨古韵

乘坐1号线到磁器口，步入市井
诙谐、乐观、形象的重庆言子儿，扑面而来
有种夸张叫"冲壳子"，有种失败叫"洗碗儿"
有种厉害叫"猫杀"，有种讽刺叫"洗刷"
有种职业叫"棒棒"，有种支持叫"扎起"
有种女人叫"堂客"，有种舒服叫"巴适"
有种炫耀叫"吃不到台"，有种爱人叫"伙计"
我们在重庆方言土话里
快活得生猛新鲜

如果你乘坐2号线到李子坝穿楼而过
千万不要忘记出站下梯坎

面朝"岩之魂"文化墙
细品作者江碧波的创作灵感
从边坡上凹凸不平的天然陡峭地势上
读出浮雕而出的岩魂
抖出坚硬的红岩精神
犹如重庆人岩石般的意志
充满魔幻现实主义的岩雕墙上
40种颜色描绘的各种肤色
或背背篓,或提公文包
从世界各地慕名而来
有的观望,有的奔跑,有的竖起大拇指
在开放包容的两江之地
见证重庆的天翻地覆
重庆人"自强不息、厚德载物"的精神
跃然石上
品咂出辞赋作家魏明伦的点睛之笔

春末夏初,万物皆景
继续乘坐轻轨2号线,在平安站下车
去大渡口伏牛溪的长征厂,背靠小火车
以爬满藤蔓的站台、交错的轨道为背景
拍一张文艺写真,让历史文化气息
呼吸着大重庆的时代变迁
来到36幅历史文化故事墙跟前
上溯"巫山猿人"
下迄"五四运动"
跟随巴渝文化史,与两江之水荡气回肠

乘坐3号线到鱼洞,在石板路上
掏耳朵、修脚、做裁缝、打麻将

老重庆市井百态的生活记忆
在年轻人的视野里跳跃出新意

搭乘轻轨4号线
穿过友好城市线路简介
从图文并茂的墙上，读出重庆
与上海、广州、德国、澳大利亚的姐妹城市
催生出大重庆的独具魅力

乘坐5号线，从鸳鸯到江津
一览印象重庆盛景
耸立倒映在两江碧波里的高楼大厦
灯火璀璨的洪崖洞吊脚楼群
"人人重庆"的标志
以壁画、照片、浮雕等多种艺术形式
彰显出人文重庆的水墨神韵
视野里不断魔幻的重庆符号
呈现出的梦幻城市盛宴
在轻轨的呼啸中盛大出场

乘坐6号线，从茶园到五路口
你一定会折服于巴山渝水的美轮美奂
倒映在一江春水里的重庆大剧院
长虹卧波的千厮门、朝天门大桥
闪烁在3D光影里的大足石刻
天生三桥、钓鱼城、黑山谷
或浓墨重彩，或磅礴辽阔
在呼啸的窗口里
演绎出独具特色的都市魅力

翅膀上的风景

乘坐将于2027年12月开通的7号线，从北碚到西彭
领略群英荟萃的风采
回到1926年
跟随重庆革命领袖杨闇公
参加顺泸起义。在佛图关
接过他临刑前29岁腾起的烈火
在巴渝大地，燎原出一个太平盛世
走进渣滓洞，拔出江姐指尖里的竹签
在绣红旗的黎明前，合唱《红梅赞》
在江津聂荣臻纪念馆，手捧百合花
回到1919年，心怀"实业救国"大志
跟随聂帅赴法国勤工俭学
一起从苏联红军学校回国，进入黄埔军校
北上抗日，突破四道封锁线
欢呼平型关大捷
呼啸的轨道旋风，吹拂着杜鹃
犹如先烈热血浇灌的花朵在欢笑

如果你有闲暇，还可乘坐
未来开通的8号线、9号线和环线
惬意地徜徉在一个个春光辉映的古镇里
在古风荡漾的飞檐峭壁的灯笼下
撑一把油纸伞
着汉服，诵唐诗，吟宋词
或聆听川江号子，品重庆漆艺
绣蜀绣手巾，观川剧变脸
或深入地下站台随意涂鸦
穿越到古色古香的春风里
炫酷一番重庆人的现代风采

轻轨越过两江潮

长江、嘉陵江，两江潮水
涌动成泾渭分明的太极图
一列春风，掠过碧波里春花秋月的倒影
穿过从三千年前荒芜里发芽的城市
穿过西部拔地而起的地标伟岸
抵达山城任意一座春光明媚的驿站

从此岸到彼岸，我们再也无须纤夫弓背攀岩
无须乌篷船，无须摆渡，只需闲坐在
钢铁一般坚硬而轻柔的旋风里
或读书看报，或刷屏浏览
或闭目养神，或凭窗观景
掠过万家灯火，掠过夕阳斜照
掠过清江碧波，掠过江景璀璨
去生活里惬意生活，去风景里成为风景
去繁华里书写繁华，去宁静里独享宁静
我们只需一次呼啸
便可任意抵达梦中的春江明月